應用日語

商業篇

莊 隆福・新保 進 共著

大新書局 印行

序文
じょ ぶん

　我が国と日本との間には、正式な国交がないにもかかわらず、あらゆ
る面において活発な交流が行なわれています。近年、国内の有名デパー
トや大手建設会社が次々に日本企業とタイアップするなど、両国間の経
済協力関係はますます深まるばかりです。

　こうした両国関係から、日本語学科の卒業生はもちろん、日本語ので
きる若い人達は日系企業から引っ張りだこです。日本語を学ぼうとする
若者もますます増えています。

　ところが、いざ日系企業の面接試験を受けようと思っても、面接用の
適当な参考書がないのが実情です。

　二年続けて東呉大学日本語学科の四年生の担任を勤めた筆者も、就職
シーズンを迎えた学生諸君のために、苦労して参考書を探し回った経験
があります。

　そこで意を決して、四年生の日本語会話を担当されていた新保進先生
と協力して、学生諸君に見合った実用的な面接用「虎の巻」を編纂するこ
とにしました。筆者がその骨組みとなる資料を提供し、これをベースに
新保先生が盛り沢山で新鮮かつ多彩な内容に肉付けをしてできたのが、
この本です。

　この本が、日本語学科の学生以外の方々にも、実践的でバラエティー

序　文

　　儘管我國與日本之間沒有正式的邦交，但是在各方面正進行著活潑的交流。近年來，國內有名的百貨公司（department store）或大型建設公司紛紛與日本企業合作（tie-up），使兩國間的經濟合作關係更趨深厚。

　　基於這種兩國關係，使懂日語的年輕人成為日資企業爭相羅致的對象，而日文系的畢業生就更不在話下了。目前有志學習日語的年輕人正與日俱增。

　　然而，一旦想參加日資企業的面試，實際上卻缺乏面試用之適當的參考書。

　　筆者連續兩年擔任東吳大學日文系四年級的班導師，為了面臨就業的同學們，曾經有過辛苦找尋參考書的經驗。

　　因此決意與擔任四年級日語會話的新保進老師合作，編纂一本適合同學們面試用的實用「參考書」。本書是由筆者提供基本資料後，再由新保老師以此為基準，加上許多新鮮且多采多姿的內容而完成的。

　　我們衷心希望非日文系出身的讀者，也能將本書當作實際的、富於

に富んだ会話練習の参考書として大いに活用していただけるように、そして理想的な就職と日本語のレベルアップに少しでもお役に立てるようにと心から願っております。

最後に大新書局の林駿煌氏、及び本書の校正に協力していただいた東呉大学日本文化研究所の院生である温國良さんと日本人の方々に深く感謝いたします。

1996年12月

東海大学日本語学科にて

荘　隆福

變化（variety）的會話練習參考書，而加以充分使用，進而對從事理想的職業與日語水準的提昇多少能有所裨益。

　　最後謹向大新書局的林駿煌先生、以及協助本書校稿之東吳大學日研所研究生溫國民同學和所有日籍友人，獻上誠摯的謝意。

　　一九九六年十二月

　　　　　　　　　　　莊　隆福

　　　　　　　　　　　謹識於東海大學日文系

はじめに

　台湾の目覚ましい社会・経済の発展に伴い、中華民国と日本との関係は、あらゆる方面において緊密さを増しつつあります。

　ASIA・NIES〔アジア新興工業経済地域〕の最優等生たる台湾から安価で良質な製品が日本市場に流れ込む一方、日本企業の台湾への進出も一層盛んになってきており、好調な両国の経済に一段と活性化をもたらしています。

　さまざまなマスメディアによる日本からの情報文化ラッシュの大きなうねりは、新たな日本ブームとなって台湾社会の隅々にまで広がろうとしています。

　こうした中、若い人達の間で、日系企業や日本関係の仕事に従事する人々が着実に増えてきています。

　本書は、このような方々が《より実践的で自然な日本語会話》を学べるようにという願いを込めて編纂されました。

　校正にあたっては、多数の著作と録音で台湾の日本語教育に多大な貢献をなさっている日高民子さんをはじめ、東呉大学の尾久幸子生生、元東呉大学日本語センターの講師で日本語教育史研究家の泉史生氏、銘伝管理学院専任講師の川合理恵さん、そして日本在住の映像作家の山崎敏男氏と翻訳家の田中彰氏から貴重なご指摘をいただきました。ここに深く感謝申し上げます。

前　言

　　隨著台灣社會、經濟的驚人發展，中華民國與日本的關係，在各方面正日趨緊密。

　　一方面由亞洲新興工業經濟體〔亞洲四小龍〕（ Asia newly indus-trializing economies ）中最優秀的台灣，將價格便宜、品質優良的產品流入日本市場；另一方面，日本企業對台灣的投資則日益頻繁，為順暢的兩國經濟更加帶來活力。

　　藉由各式各樣的大眾傳播媒體（ mass media ），來自日本之資訊文化洪流的大波浪，形成了新的日本熱潮，正湧向台灣社會的每一個角落。

　　在此背景之下，青年朋友之間，從事日資企業或與日本有關之工作的人數，正穩健地增加中。

　　本書編纂的目的就是希望青年朋友們能夠學到《更實際、自然的日語會話》。

　　而校稿方面，承蒙有許多著作、錄音且對台灣日語教育貢獻極大的日高民子小姐，東吳大學的尾久幸子老師，前東吳大學日語推廣班講師、日語教育史研究家的泉史生先生，銘傳管理學院專任講師的川合理惠小姐，以及住在日本的影像作家山崎敏男先生與翻譯家田中彰先生等賢達賜予寶貴的意見，在此深表謝意。

そして拙いこの私に執筆のチャンスを与えてくださり、本書の企画並
びに翻訳を担当された東海大学の荘隆福先生に心からお礼を申し上げま
す。

　編集には最善を尽くしたつもりですが、いろいろと不備な点もあると
思います。また紙面の関係でやむを得ず割愛した所もありますが、皆様
方の御叱正、御教示をいただけたら幸いに存じます。

1996年12月

新保　進

另外由衷地感謝擔任本書企劃兼翻譯之東海大學莊隆福老師賜予不才執筆的機會。

在編輯上雖然力求盡善盡美，但還是會有許多不理想的地方。此外，由於篇幅的關係也有些地方不得不割愛，如蒙各界賢達指正、賜教，則甚幸也。

一九九六年十二月

新保 進 謹識

本書の特色

1. 現代日本語会話に不可欠な「生きた」言葉・表現を多数収録しました。

2. 自然かつ正確な発音が目指せるように、なるべく多くの言葉にアクセントを表示しました。本書で示したアクセントは一部を除いて、現在テレビ・ラジオなどで広く使われている全国共通語のアクセントです。(三省堂の『大辞林』と日本放送出版協会の『NHK編日本語発音アクセント辞典』のアクセントに準拠しました)

3. 多彩で豊富なメモ・巻末資料が付いています。

4. 便利ですぐ使える日本式履歴書付きで、その履歴書の書き方と注意事項も詳細に説明してあります。

5. 学習効果を高めるために、同じページ内で繰り返される漢字や語句の振り仮名〔ルビ〕を敢えて省略しました。

Question（Q）： 面接担当者〔面接官〕、質問者
Answer　（A）： 受験者、回答者

本書特色

1. 收錄了許多現代日語會話中不可或缺、生動的語言與說法。

2. 儘量在許多的語詞上標示重音，以便讀者能以自然、正確的發音為努力的目標。本書所標示的重音除一部分外，其餘均是目前電視、收音機等廣泛使用之全國共通語的重音。（本書之重音以三省堂的『大辞林』與日本放送出版協會的『NHK編　日本語発音アクセント辞典』為依據。）

3. 有多采多姿、豐富的附記（memo）與卷末資料。

4. 附有方便、可立即使用之日式履歷表，履歷表的寫法與注意事項也有詳細說明。

5. 為了提高學習效果，茲將同一頁碼內重複之漢字或語句的假名注音省略。

Question（Q）：面試主考員〔官〕、發問者

Answer （A）：參加面試者、回答者

目 次
もく　じ

目　次

1. 挨拶

A：失礼します。《一礼しながら》

Q：1. はい、どうぞ（こちらへ）。

　　2. はい、どうぞおかけください。

A：はい。よろしくお願いします。《一礼しながら》

アドバイス☞入室後、一礼し挨拶をします。着席の指示が出たらもう一度一礼して、静かに坐りましょう。その際、足を組んではいけません。

1. 面試前的應對

A：打擾了。《同時行禮》

Q：1.（這邊）請。

　　2.請坐。

A：請指教。《同時行禮》

建　議：進入室內後，先行禮打招呼。待指示就座後，再度行禮，輕
　　　　輕坐下。這時候，不可以翹起二郎腿。

2. 名前・氏名
なまえ・しめい

> Q：お名前を教えてください。
> A：はい。江淑芬(チアンスーフン)と申します。どうぞよろしく。
> こうしゅくふん　もう

★関連表現
かんれんひょうげん

Q：1. (お)名前をどうぞ。

　　2. (お)名前は？

　　3. (お)名前をおっしゃってください。

　　4. (お)名前を教えていただけませんか？

A：はい。陳石春(ツェンシーチュン)です。(どうぞ)よろしくお願いします。
　　　　ちんせきしゅん　　　　　　　　　　　　　　　ねが

2. 姓　　名

Q：請教大名。

A：我叫江淑芬。請多多指教。

★相關問答

Q：1. 請報出您的大名。

　　2. 您的大名是？

　　3. 請說出您的大名。

　　4. 能否告訴我您的大名？

A：我叫陳石春。請﹙多多﹚指教。

3. 生年月日
せいねんがっぴ

Q：生年月日を教えてください。
おし

A：はい。１９６４年２月７日です。
せんきゅうひゃくろくじゅうよ ねん に がつなの か

★関連表現

Q：1. 生年月日は？

2. 生年月日はいつですか？

3. 生年月日を言ってください。
い

4. 生年月日をおっしゃってください。

5. いつ生まれましたか？
う

6. 何年のお生まれですか？
なんねん

7. お生まれはいつですか？

A：
```
民国５３年
みんこく
昭和３９年  ４月４日です。
しょう わ    し がつよっ か
１９６４年
```

3. 出生年月日

Q：請教您的出生年月日。

A：1964年2月7日。

★相關問答

Q：1. 你的出生年月日是？

2. 你的出生年月日是什麼時候？

3. 請說說您的出生年月日。

4. 請告訴我您的出生年月日。

5. 你是什麼時候出生的？

6. 您是哪一年出生的？

7. 您的出生年月日是什麼時候？

A：
$$\left.\begin{array}{c} 民國53年 \\ 昭和39年 \\ 1964年 \end{array}\right\} \quad 4月4日。$$

メ　モ

民国53年　　　民国53
みんこく　ねん

－　14　　　　＋　11

昭和39年 … 19＋64 ⟶ 西暦1964年
しょうわ　　　　　　　　　　　　　　せいれき

　　　民国元年⇨1912年
　　　　がんねん

　　　昭和元年⇨1926年

　　　平成元年⇨1989年（民国78年）
　　　へいせい

★日付（日期）
　ひづけ

④	一月 いちがつ	①	五月 ご	①	九月 く
③⓪	二月 に	④	六月 ろく	④	十月 じゅう
①	三月 さん	④	七月 しち	⑥	十一月 じゅういち
③	四月 し	④	八月 はち	⑤	十二月 じゅうに

- -

④	一日 ついたち	⑥	十一日 じゅういちにち	⑦	二十一日 にじゅういちにち	①	三十一日 いち
⓪	二日 ふつか	⑤	十二日 に	⑥	二十二日 に		
⓪	三日 みっか	③	十三日 さん	①	二十三日 さん		
⓪	四日 よっか	①	十四日 よっか	①	二十四日 よっか		
③⓪	五日 いつか	①	十五日 ご	①	二十五日 ご		
⓪	六日 むいか	⑥	十六日 ろく	①	二十六日 ろく		
⓪	七日 なのか	⑥	十七日 しち	①	二十七日 しち		
⓪	八日 ようか	⑥	十八日 はち	①	二十八日 はち		
④	九日 ここのか	①	十九日 く	①	二十九日 く		
⓪	十日 とおか	⓪	二十日 はつか	①③	三十日 さんじゅう		

4. 年 齢
ねん れい

Q：何歳ですか？
　　なんさい

A：２３歳です。
　　にじゅうさん

★関連表現

Q：(お)いくつですか？

A：20歳です。
　　にじゅっさい
　　はたち

Q：(お)年は？
　　　　とし

A：３１〔３１歳〕です。
　　さんじゅういち　さんじゅういっさい

Q：年齢は？

A：1．満35歳です。
　　　　まん

　　2．満で35です。

Q：何年(の)生まれですか？
　　なんねん　　　う

A：1．1966年です。

　　2．民国55年です。
　　　　みんこく

　　3．昭和41年(生まれ)です。
　　　　しょうわ

4. 年　　齡

Q：你多大年紀？

A：我23歲。

★相關問答

Q：您幾歲？

A：我20歲。

Q：您貴庚？

A：我31〔31歲〕。

Q：你年齡？

A：1. 我滿35歲。

　　2. 我足歲35。

Q：你是哪一年出生的？

A：1. 我是1966年出生的。

　　2. 我是民國55年出生的。

　　3. 我是昭和41年（出生的）。

モ

★年齢・年
ねんれい　とし

① 一歳 いっさい	③ 十一歳 じゅういっ	③ 四十歳 よんじゅっ
① 二歳 に	③ 十二歳 じゅうに	② 五十歳 ご
① 三歳 さん	③ 十三歳 さん	③ 六十歳 ろく
① 四歳 よん	③ 十四歳 よん	③ 七十歳 なな
① 五歳 ご	⋮	③ 八十歳 はち
② 六歳 ろく		③ 九十歳 きゅう
② 七歳 なな	② 二十歳〔① はたち〕 にじゅっさい　はたち	② 百歳 ひゃく
① 八歳 はっ	④ 二十一歳 にじゅういっさい	③ 百一歳 ひゃくいっ
① 九歳 きゅう	⋮	⋮
① 十歳 じっ	③ 三十歳 さんじゅっ	① 何歳〔① いくつ〕 なん

5. 出身地
しゅっしんち

Q：出身地はどちらですか？

A：台南(県)です。
　　たいなん　けん

★関連表現

Q：出身地はどこですか？

A：南投(県)です。
　　なんとう

Q：出身地は？
A：台中(市)です。
　　タイチョン
　　たいちゅう　し

Q：出身(地)はどちらですか？
A：豊原です。
　　フォンユエン
　　とよはら

Q：1．お国はどちらですか？
　　　　　くに

　　2．生まれはどこですか？
　　　　　う

　　3．田舎〔古里・故郷〕はどこですか？
　　　　いなか　ふるさと　こきょう

　　4．どちらの出身ですか？

A：花蓮です。
　　ホワリエン
　　かれん

5. 出生地

Q：你是哪裏生的？

A：我在台南（縣）生的。

★相關問答

Q：你的出生地在哪裏？

A：我的出生地在南投（縣）。

Q：你的出生地是？

A：台中（市）。

Q：你是哪裏生的？

A：我在豐原生的。

Q：1.您的故鄉在哪裏？

   2.你是哪裏生的？

   3.你的家鄉在哪裏？

   4.你是哪裏人？

A：花蓮。

類語

るいご

1 ⓪ 田舎
  いなか

2 ① 故郷
  こきょう

3 ② 古里
  ふるさと

4 ① 郷里
  きょうり

5 ⓪ 出身、③ 出身地
  しゅっしん　ち

6 ④ 生まれ故郷
  う

7 ⓪ 生まれ
  う

8 ⓪ （お）国
  くに

注 意☞台湾の地名、住所、道路名、学校名、ホテル名、店名そして
ちゅう　い　たいわん　ちめい　じゅうしょ　どうろ　がっこう　てん

中国人の名前などは日本式の読み方にこだわる必要はありま
ちゅうごくじん　なまえ　にほんしき　よ　かた　ひつよう

せん。本書では一部の日本人が便宜的、慣用的に使っている
ほんしょ　いちぶ　べんぎてき　かんよう　つか

例をほんの参考までに紹介いたします。また、地名のアクセ
れい　さんこう　しょうかい

ントには個人差があることを御了承下さい。
こじんさ　ごりょうしょうくだ

メ　モ

★台湾の主な地名（台灣的主要地名）
おも

① 基　隆 キールン	② 彰　化 しょうか	⓪ 屛　東 へいとう
⓪ 台　北 たいほく	⓪ 南　投 なんとう	⓪ 台　東 たいとう
① 桃　園 とうえん	① 雲　林 うんりん	① 花　蓮 かれん
⓪ 新　竹 しんちく	① 嘉　義 かぎ	① 宜　蘭 ぎらん
⓪ 苗　栗 びょうりつ	⓪ 台　南 たいなん	③ 澎　湖 ポンフー ほうこ
⓪ 台　中 たいちゅう	① 高　雄 たかお	

— 16 —

類　語

1	鄉下，鄉村	5	出生地
2	故鄉	6	出生的故鄉
3	故里	7	出生地
4	鄉里	8	（貴）國；（您的）故鄉

注　意：台灣的地名、住址、路名、校名、旅館名、店名以及中國人
的名字等不必拘泥於日本式的讀法。本書介紹部分日本人權
宜、慣用的例子，僅供參考。此外，請瞭解地名的重音有時
也會因個人而有所差別。

★大陸の省名と自治区名（大陸的省名與自治區名）
たいりく　しょうめい　じちく

黒竜江 こくりゅうこう	甘粛 かんしゅく	湖南 こなん	海南島 雲南 貴州 青海 かいなんとう　うんなん　きしゅう　せいかい
吉林 きつりん	山東 さんとう	四川 しせん	新疆ウイグル自治区 しんきょう　　　　　じちく
遼寧 りょうねい	河南 かなん	浙江 せっこう	チベット〔西蔵〕自治区 せいぞう
河北 かほく	江蘇 こうそ	江西 こうせい	広西壮族自治区 こうせいそうぞく
山西 さんせい	安徽 あんき	福建 ふっけん	寧夏回族自治区 ねいかかいぞく
陝西 せんせい	湖北 こほく	広東 カントン	内モンゴル自治区 うち

6. 住所
じゅう しょ

Q：どこに住んでいますか？
　　　す

A：士林に住んでいます〔士林です〕。
　　しりん

★関連表現

Q：1．お宅はどちらですか？
　　　　たく

　　2．（お）家はどこですか〔家はどこですか〕？
　　　　　　いえ

　　3．（お）住まいはどちらですか？

A：1．新店です。
　　　　しんてん

　　2．青年公園の近くです。
　　　　せいねんこうえん　ちか

　　3．圓環のそばです。
　　　　ユエンホワン

Q：1．お宅はどちらにありますか？

　　2．家はどこにありますか？

A：1．板橋です。
　　　　バンチャオ
　　　　いたばし

　　2．天母にあります。
　　　　テンム

6. 住　　址

Q：你住在哪裏？

A：我住在士林。

★相關問答

Q：1. 府上哪裏？

2. 您家在哪裏？

3. 您居住的地方在哪裏？

A：1. 我住新店。

2. 我住青年公園附近。

3. 我住圓環旁邊。

Q：1. 府上在什麼地方？

2. 您家在什麼地方？

A：1. 寒舍在板橋。

2. 我家在天母。

Q：どちらにお住まいですか？

A：1．桃園です。
　　　とうえん

　　2．基隆に住んでいます。
　　　キールン

Q：1．住所は（どちらですか）？
　　　じゅうしょ

　　2．現住所は（どこですか）？
　　　げん

　　3．今、住んでいる所は（どこですか）？
　　　いま　す　　　　ところ

A：1．台北市和平西路二段142号です。
　　　たいほくし　わへいせいろ　にだん　　ごう

　　2．中和市○○街16巷38弄 6号の 4Fです。
　　　ちゅうわし　　　がい　こう　ろう　ごう　よんかい

Q：您現在住哪裏？

A：1.我現在住在桃園。

2.我現在住基隆。

Q：1.府上的地址是（哪裏）？

2.目前的地址是（哪裏）？

3.現在住的地方是（哪裏）？

A：1.台北市和平西路二段142號。

2.中和市某某街16巷38弄6號4樓。

メ　モ

★台北市内と台北市近郊の地名（台北市內與台北市近郊的地名）
たいほくしない　　きんこう　ちめい

2 松山 まつやま	0 新店 しんてん	1 鶯歌 おうか
1 士林 しりん	0 新莊 しんそう	0 三重 さんじゅう
1 萬華 ばんか（ワンホワ）	0 木柵 もくさく	1 泰山 たいざん
3 西門町 せいもんちょう	0 南港 なんこう	1 林口 りんこう
1 頂好 ディンシーハオパイ	0 汐止 しおどめ	1 五股 ごこ
0 石牌 せきはい	1 金山 きんざん	1 蘆洲 ろしゅう
1 內湖 ネイフー	1 萬里 ばんり	2 八里 はちり
1 大直 ダーツー	0 深坑 しんこう	1 淡水 たんすい
0 圓山 えんざん	1 瑞芳 ずいほう	1 三芝 さんし
0 劍潭 けんたん	1 土城 どじょう	0 石門 せきもん
0 外双溪 がいそうけい（ワイスワンシー）	0 三峽 さんきょう	
1 景美 けいび	1 樹林 じゅりん	

★台北市の行政区画（台北市的行政區）
ぎょうせいくかく

3 中正区 ちゅうせいく	3 信義区 しんぎく
4 大同区 だいどうく	3 士林区 しりんく（シーペイトウ）
4 中山区 ちゅうざんく	4 北投区 ほくとうく
4 文山区 ぶんざんく	3 內湖区 ネイフーく
4 大安区 たいあんく	4 南港区 なんこうく（ナンシャン）
3 万華区 ばんかく	4 松山区 まつやまく（ソンシャン）

★台北市内のメーン・ストリート〔台北市内的主要街道（main street）〕

5 民族東〔西〕路
みんぞくとう　せい　ろ

5 民権東〔西〕路
みんけん

5 民生東〔西〕路
みんせい

5 南京東〔西〕路
なんきん

5 長安東〔西〕路
ちょうあん

5 忠孝東〔西〕路
ちゅうこう

4 仁愛路
じんあい

3 信義路
しんぎ

4 和平東〔西〕路
わ　へい

3 中華路
ちゅうか

4 桂林路
けいりん

3 成都路
せいと

6 羅斯福路
ロースーフールー

4 環河南〔北〕路
かんがなん　ほく

5 延平南〔北〕路
えんぺい

5 重慶南〔北〕路
じゅうけい

5 中山南〔北〕路
ちゅうざん

5 林森南〔北〕路
りんしん

5 新生南〔北〕路
しんせい

3 松江路
ソンチャンルー
まつえろ

5 建国南〔北〕路
けんこく

5 愛国西〔東〕路
あいこく

4 八徳路
パーダールー

4 北安路
ペイアンルー

5 復興南〔北〕路
ふっこう

5 敦北南〔北〕路
トンファー

5 光復南〔北〕路
こうふく

4 基隆路
キールン

4 辛亥路
しんがい

4 長春路
ちょうしゅん

4 吉林路
きつりん

3 師大路
しだい

3 水源路
すいげん

4 承徳路
しょうとく

4 中正路
ちゅうせい

— 25 —

7. 住居
じゅう きょ

Q：今、住んでいる所は自宅ですか？
　いま　す　　　　ところ　じたく
A：1. はい、そうです。

　　2. いいえ、アパートです。

★関連表現

Q：(お)住まいは自宅ですか？

A：1. はい、そうです。

　　2. いいえ、アパートです。ルームメートと3人で住んでいます。
　　　　　　　　　　　　　　　　　　　　　さんにん

　　3. いいえ、下宿しています。
　　　　　　　げしゅく

　　4. いいえ、学生寮に住んでいます。
　　　　　　　がくせいりょう

7. 住　　居

Q：你現在住的地方是自己家裏嗎？

A：1. 是的。

　　2. 不，我住出租的公寓（apart ＝ apartment house）。

★相關問答

Q：你住的是自己的家嗎？

A：1. 是的。

　　2. 不，我住出租的公寓。和室友（roommate）共三個人住在
　　　一起。

　　3. 不，我在外面租房子。

　　4. 不，我住在學生宿舍。

Q：1．（お）独りで住んでいますか？

2．一人でお住まいですか？

3．独り住まいですか？

A：1．はい、そうです。

2．はい。アパートを借りて独りで住んでいます。

3．いいえ、姉と2人で住んでいます。

4．いいえ、ルームメート4人で共同生活をしています。

5．いいえ、両親と一緒に住んでいます。

6．いいえ、親戚の家に住んでいます。

メ　モ

★住居の種類

1	⓪自宅	5	⓪団地	9	④会社の寮
2	①マンション	6	⑤公営住宅	10	⓪社宅
3	②アパート	7	⓪下宿	11	①官舎
4	⓪間借り	8	③学生寮	12	①公舎

Q：1. 你目前是一個人住嗎？

2. 你是一個人住嗎？

3. 你是單獨居住嗎？

A：1. 是的。

2. 是的，我租公寓一個人居住。

3. 不，我和姊姊兩個人一起住。

4. 不，我和室友四個人共同生活。

5. 不，我和父母親住在一起。

6. 不，我住在親戚家。

附　記

★住居的種類

1　自宅	5　社區	9　公司宿舍
2　（大廈的）公寓〈mansion〉	6　國民住宅	10　員工宿舍
3　（普通的）公寓	7　租的房子	11　政府宿舍
4　租的房間	8　學生宿舍	12　公家房舍

8. 電話番号
でんわ ばんごう

Q：電話番号を教えてください。
　　　　　　　おし
A：はい。台北３０２－１４７９です。
　　　　タイペイさんゼロに　の　いちよんななきゅう

★関連表現

Q：1. 電話は何番ですか？
　　　　　　　なんばん

　　2. 電話番号は（何番ですか）？

　　3. 連絡先を教えてください。
　　　　れんらくさき

　　4. 連絡先（の番号）は（何番ですか）？

A：1. 台北８７２－１９０４の内線２６３です。
　　　　はちなな に　の　いちきゅうゼロよん　　ないせん にろくさん

　　2. 桃園０３局の４２５－００７６です。
　　　　とうえんゼロさんきょく　　よんに こ の ゼロゼロななろく

　　3. ３９１－４８５２呼び出しで１８号室です。
　　　　さんきゅういち の よんはちこ にょ　　だ　　じゅうはちごうしつ

　　4. ９２５－６４７０です。
　　　　きゅうに こ の ろくよんななれい

　　〔０＝①ゼロ・①れい・⓪まる〕

8. 電話號碼

Q：請告訴我電話號碼。

A：好的，台北 302－1479。

★相關問答

Q：1. 電話是幾號？

  2. 電話號碼是（幾號）？

  3. 請告訴我聯絡的地方。

  4. 聯絡處（的電話號碼）是（幾號）？

A：1. 台北 872－1904 轉 263。

  2. 桃園區域號碼（03）然後是 425－0076。

  3. 391－4852 找 18 號室聽電話。

  4. 925－6470。

〔0 在日文中可讀成ゼロ、れい或まる〕

9. 出身校
しゅっしんこう

Q：どこの学校を卒業しましたか？
　　　がっこう　　そつぎょう

A：台中商業専門学校です。
　　たいちゅうしょうぎょうせんもんがっこう

★関連表現

Q：どこの大学を卒業されましたか？
　　　だいがく

A：1．台湾大学です。
　　　たいわん

　　2．東呉大学の日本語学科を卒業しました。
　　　とうご　　　にほんごがっか

Q：どこの学校を出ましたか？
　　　　　で

A：1．銘伝管理学院です。
　　　めいでんかんりがくいん

　　2．政治大学を出ました。
　　　せいじだいがく

Q：1．大学はどちらですか？

　　2．出身校はどこですか？

　　3．学校は（どちらですか）？

A：1．輔仁大学です。
　　　ほじん

　　2．淡江大学です。
　　　たんこう

　　3．国立台北商専です。
　　　こくりつたいほくしょうせん

　　4．中国文化大学の大学院です。
　　　ちゅうごくぶんか　　　　　いん

— 32 —

9. 畢業學校

Q：你是哪個學校畢業的？

A：我是台中商業專科學校畢業的。

★相關問答

Q：您是哪個大學畢業的？

A：1. 台灣大學。

2. 我是東吳大學日文系畢業的。

Q：你是哪個學校畢業的？

A：1. 我是銘傳管理學院畢業的。

2. 我是政治大學畢業的。

Q：1. 大學是讀哪一所？

2. 畢業學校是哪一所？

3. 學校是（讀哪一所）？

A：1. 輔仁大學。

2. 淡江大學。

3. 國立台北商專。

4. 中國文化大學研究所。

Q：1．(あなたの)学歴は？

2．(あなたの)学歴を教えてください。

3．(あなたの)学歴について話してください。

A：はい。私は民国74年、静修女子高等学校を卒業後、文化大学の

経済学科に入学しました。今年の 6月に卒業の見込みです。

Q：1．どんな学歴ですか？

2．どんな学歴がありますか？

3．どんな学歴をお持ちですか？

A：私は民国66年、台中第一高等学校を卒業後、東呉大学の日本語

学科に入学して、民国70年に卒業しました。そして現在に至っ

ております。

メ　モ

★各大学・専門学校名は巻末資料①(p. 322)を参照して下さい。

Q：1.說說（你的）學歷。

　　2.請告訴我（你的）學歷。

　　3.請談談（你的）學歷。

A：好的，我在民國74年靜修女中畢業後，考上了文化大學經濟系，預定今年六月畢業。

Q：1.你是什麼學歷？

　　2.你有什麼學歷？

　　3.您有什麼學歷？

A：我在民國66年台中一中畢業後，考上了東吳大學日文系，而後於民國70年畢業直到現在。

附　　記

★各大學、專科學校名稱，請參照卷末資料①（P. 322）。

10. 専攻・専門
せんこう　せんもん

Q：(あなたの)専攻は何ですか？
　　　　　　　　　　なん

A：国際貿易です。
　　こくさいぼうえき

★関連表現

Q：1. 学校で何を専攻しましたか？
　　　がっこう　なに

　　2. 大学では何を専攻されましたか？
　　　だいがく

A：1. 経営管理です。
　　　けいえいかんり

　　2. 日本文学を専攻しました。
　　　にほんぶんがく

Q：1. 学校で何を勉強しましたか？
　　　　　　なに　べんきょう

　　2. 大学では何を勉強されましたか？

A：1. 商業文書です。
　　　しょうぎょうぶんしょ

　　2. 心理学を勉強しました。
　　　しんりがく

Q：(ご)専門は何ですか？
　　　　　なん

A：商業デザインです。

10. 主修・專長

Q：（你的）主修是什麼？
A：國際貿易。

★相關問答

Q：1. 你在學校主修什麼？
　　2. 您在大學主修什麼？
A：1. 企業管理。
　　2. 我主修日本文學。

Q：1. 你在學校修讀什麼？
　　2. 您在大學學了什麼？
A：1. 商業文書。
　　2. 我修讀心理學。

Q：（您的）專長是什麼？
A：商業設計。

Q：卒業論文〔卒論〕(のテーマ)は何ですか？
　　　そつぎょうろんぶん　そつろん　　　　　　　　　　　　　なん

A：「明治維新」です。
　　　めいじ　いしん

Q：どんな学位をお持ちですか？
　　　　　　　がくい　　　も

A：文学修士号を持っています。
　　　ぶんがくしゅうしごう

Q：学位はどちらで取りましたか？
　　　　　　　　　　と

A：1．日本の神戸大学です。
　　　　　　　　こうべ

　　2．日本の東京大学で取りました。
　　　　　　　　とうきょう

メ　モ

★学科・科目名は巻末資料②(p. 325)を参照してください。
　がっか　もくめい　かんまつしりょう　　　　　さんしょう

★各学位(①学士、①修士、②博士)
　かくがくい　　がくし　　しゅう　　はかせ
　　　　　　　　　　　　　　　　　はく
　①文学、◎学術、◎商学、①医学、◎工学、◎農学、①理学、
　　ぶん　　　がくじゅつ　　しょう　　い　　　こう　　のう　　り
　◎法学。
　　ほう
　例：④文学士、⑤商学修士、⑤医学博士
　れい

Q：畢業論文（的題目）是什麼？

A：「明治維新」。

Q：您有什麼學位？

A：我有文學碩士學位。

Q：你的學位是在哪裏取得的？

A：1. 日本的神戶大學。

　　2. 在日本的東京大學取得的。

附　　記

★科系、科目名稱，請參照卷末資料②（ P. 325 ）。

★各種學位（ 學士、碩士、博士 ）

文學、學術、商學、醫學、工學、農學、理學、

法學。

例：文學士、商學碩士、醫學博士

11. 得意な科目・苦手な科目

> Q：得意な科目〔学科〕は何ですか？
>
> A：日本語の「翻訳」です。どちらかというと、会話よりも自信があります。

★関連表現

Q：専門の他に得意なものは何ですか？

A：1．英文タイプです。普通の文ならすぐ打てます。

　　2．そんなに得意ではありませんが、フランス語が多少できます。

Q：専門以外に何か得意なものがありますか？

A：1．はい、英会話です。日常会話程度でしたら、自信があります。

　　2．得意というほどではありませんが、ワープロが打てます。

11. 拿手的科目‧不擅長的科目

Q：你拿手的科目〔學科〕是什麼？

A：日語的「翻譯」。和會話比起來較有把握。

★相關問答

Q：除了主修以外，你拿手的科目是什麼？

A：1.英文打字。如果是普通的文章，馬上就能打出來。

2.法語雖然不是很擅長，但多少會一點。

Q：除了主修以外，你有沒有擅長的科目？

A：1.有的，是英語會話。要是日常會話的程度，我有把握。

2.雖然說不上是擅長，但我會操作文字處理機（word processor）。

Q：好きな科目〔学科〕は何ですか？

A：「日本語会話」です。日本人の先生と直接、話ができて嬉しいからです。しょっちゅう間違えますが…。

Q：1．苦手な教科は何ですか？

2．不得意（な）科目は何ですか？

A：1．日本語の「文章表現」です。作文にはいつも❶泣かされました。

2．特にありませんが、❷しいて言うなら、日本語の「文法」です。助詞の使い方などは今でも頭が痛いです。

Q：嫌いな科目は何でしたか？

A：1．体育です！　一番苦手でした。でも、❸サボらず一生懸命（に）頑張りました。

2．そうですね……。あえて言うなら、音楽でしょうか？

❹生まれつきの❺音痴ですから。でも、聴くのは好きです。

— 42 —

Q：你喜歡的科目〔學科〕是什麼？

A：「日語會話」。因為可以和日本老師直接對話，太好了。雖然
　　經常說錯…。

Q：1. 你不擅長的學科是什麼？
　　2. 你不擅長的科目是什麼？

A：1. 日語的「文章表現」。我經常被作文整得很慘。

　　2. 沒有特別不擅長的。如果要我勉強說的話，那就是日語的
　　　「文法」了。助詞的用法等等現在還是很傷腦筋。

Q：以前你討厭的科目是什麼？

A：1. 體育！最差勁了。但是，我沒有蹺課，很努學習。

　　2. 嗯……。如果硬要我說的話，那就是音樂吧！因為我是天生
　　　的五音不全。但是，我喜歡聽音樂。

メモ

❶ ⓪泣かされる──大へん苦労すること。

❷ ①強いて──無理矢理、無理に、敢えて。

❸ ②サボる──サボタージュする、なまける。

❹ ⓪生まれつき──元来、もともと、天性、生まれた時から、生来。

　　例：生まれつき運動が苦手です。

❺ ①音痴──ⓐ音感が鈍く、正確に歌えない様子、又はその人。

　　　　　　ⓑある分野、方面に関し不得意、又は感覚が鈍い様子、

　　　　　　又はその人。

　　例：方向音痴、運動音痴、機械音痴、外国語音痴、味覚音痴。

アドバイス☞この種の質問で、面接官は受験者の意外な面や個性、潜在
　　　能力を引き出したいと思っています。自己ＰＲのいい機会
　　　ですから、得意なもの〔科目〕を積極的にアピールしましょ
　　　う！

附　記

❶ 被整慘了 —— 非常辛苦。

❷ 勉強 —— 硬是、硬要、強要。

❸ 蹺課 —— 摸魚（ 法語 sabotage ）、偷懶。

❹ 天生 —— 原來、原本、秉性、從生下來時、生來。

例：天生不擅長運動。

❺ 「音痴」 —— ⓐ 音感遲鈍，無法正確唱歌的樣子或人。

ⓑ 在某些領域、方面，不擅長或感覺遲鈍的樣
子或人。

例：摸不清方向、運動神經不發達、不擅長操作機器、不懂外國語
言、味覺不敏銳。

建　議：面試主考員想用這種發問來探測應考者的另一面、個性或潛
能。因此這是自我推銷的好機會，應積極地宣傳擅長的項目
〔科目〕。

— 45 —

12. 学生生活及びクラブ活動

Q：何かクラブやサークルに入っていましたか？

A：1. はい、バレーボール部に入っていました。チームワークには自信があります。

2. いいえ、入っていませんでした。（自分に合ったものが特になかったからです。）でも、日本語の塾や図書館によく通いました。

★関連表現

Q：どんなクラブ〔サークル〕に所属していましたか？

A：1. 英会話クラブです。他の大学と交流を深めながら、ヒヤリングとスピーチの研究をしました。

2. 特に所属していませんでした。家庭教師のアルバイトをしていたからです。（でも、家庭教師をすることによって教えることの難しさと楽しさを知りました。）

12. 學生生活及社團活動

Q：你參加過什麼社團（club）或同好會（circle）嗎？

A：1. 我參加過排球社，對團隊協調（teamwork）有自信。

2. 沒有參加過。（因為沒有特別適合自己的社團〔同好會〕。）但是，我經常上日語補習班或圖書館。

★相關問答

Q：你以前屬於什麼社團〔同好會〕？

A：1. 我屬於英語會話社。和其他大學加強交流的同時，也研究聽力（hearing）與演說（speech）。

2. 沒有特別屬於哪個。因為我兼差（德語 Arbeit）當家教。（不過，由於當家教，我體會到了教學的困難與樂趣。）

Q：何かサークル〔クラブ〕活動をしていましたか？

A：1. はい。「アジア研究会」というサークルで、アジア各国の食
文化などについて研究しました。

2. いいえ、なにもしていませんでした。でも暇を利用して、
よく映画を見ました。そして映画を通じて、いろんな人生
や生き方を学びました。

3. いいえ。でも学外で身障者のボランティア活動に参加した
ことがあります。

4. サークル活動ではありませんが、学生会の役員として自治
活動に参加しました。

Q：你有沒有從事過什麼同好會〔社團〕活動？

A：1. 有的，在一個叫作「亞洲研究會」的組織裏，我研究過亞洲
　各國的飲食文化等。

　2. 沒有，但是我經常利用空閒看電影。透過電影學習了各種人
　生與生活方式。

　3. 沒 有， 但 是 我 在 校 外 參 加 過 服 務 殘 障 者 的 義 工
　（ volunteer ）活動。

　4. 雖然不是同好會活動，但我以學生會幹部的身份參加過自治
　活動。

Q：クラブ〔サークル〕活動は何をやっていましたか?

A：1.「古典音楽同好会」というところで、胡弓などの（中国）民族楽器の演奏会を定期的に行なっていました。

2. 演劇です。主役や監督をつとめたことがあります。学外公演もやりました。

3. 柔道です。さんざんしごかれたので、根性と体力にはかなり自信があります。

4. 卓球です。レギュラーメンバー〔正選手〕として校外試合にも出ました。

5. 特にしませんでしたが、本が好きで、よく図書館へ行っては小説を読みました。いろんな文学作品を通して多くのことを学びました。

Q：部長やリーダーをつとめたこと〔経験〕がありますか?

A：1. はい、あります。バスケットボール部で1年間つとめました。

2. いいえ、ありません。でもテニス部で部長同様、後輩の指導にあたりました。

Q：社團〔同好會〕活動，你做了些什麼？

A：1. 在「古典音樂同好會」裏，我定期地舉行胡琴等（中華）民族樂器的演奏會。

2. 演戲。我曾經擔任過主角、導演，也在校外公演過。

3. 柔道。被嚴格地訓練過，所以我對毅力和體力相當有自信。

4. 打桌球。我以正式選手（regular member）參加過校外比賽。

5. 沒有特別做過什麼，我喜歡讀書，經常一上圖書館就看小說。透過各種文學作品學到了許多事情。

Q：你有擔任過（社團）社長或領導人（leader）的經驗嗎？

A：1. 有的，我在籃球社擔任過一年。

2. 沒有，但是我在網球社和社長一樣指導過學弟學妹。

メ　モ

★各種クラブ・サークルは巻末資料③（p. 332）を参照して下さい。

注　意☞日本の企業では新入社員が学生時代に行なったクラブ活動をかなり重視しています。それはクラブ活動からその人の人間関係やチームワーク及び潜在能力などが推察できるからです。

附　　記

★各種社團、同好會，請參照卷末資料③（ P. 332 ）。

注　　意：日本的企業相當重視新進人員在求學時代所從事的社團活
　　　　　動。這是因為由此可以推察出該人的人際關係、團隊協調
　　　　　以及潛能等之故。

13. アルバイトの経験
けいけん

Q：アルバイトの経験がありますか？

A：1．はい、あります。中学生の家庭教師をしました。
ちゅうがくせい　かていきょうし

2．いいえ、ありません。アルバイトより学生生活を優先
せいかつ　ゆうせん

させました。

★関連表現

Q：アルバイトをしたことがありますか？

A：1．はい、あります。ファーストフードの店で店員をやりました。
みせ　てんいん

2．いいえ、ありません。サークル活動で忙しかったのでしま
かつどう　いそが

せんでした。

Q：何かアルバイトをしましたか？
なに

A：1．はい。アルバイトで翻訳の(お)手伝いをしました。苦労し
ほんやく　てつだ　くろう

ましたが、大変いい勉強になりました。
たいへん　べんきょう

2．いいえ、特にしませんでした。学校の休みを利用して、日
とく　がっこう　やす　りよう　に

本語の塾や料理教室に通っていたからです。
ほんご　じゅく　りょうりきょうしつ　かよ

13. 打工的經驗

Q：你有打工的經驗嗎？

A：1. 有的，我當過國中生的家庭教師。

2. 沒有，我把學生生活擺在第一位，所以沒有打工。

★相關問答

Q：你曾經打工過嗎？

A：1. 有的，我在速食（fast food）店當過店員。

2. 沒有，因為同好會活動很忙，所以我沒有打工過。

Q：你有沒有兼過差？

A：1. 有的，我兼差幫過人家翻譯。非常辛苦，但學了不少東西。

2. 沒有特別兼過差。因為我利用上課空檔去補習日語和烹飪。

Q：どんなアルバイトをしましたか？

A：1. あるスーパーで商品管理のアルバイトをしました。移動や
運搬などのキツイ仕事でしたが、精一杯頑張り、会社の人
たちから喜ばれました。

　　2. 私はあえてアルバイトをしませんでした。親からの仕送り
で何とか生活できましたし、学生生活をエンジョイした方
がいいと思ったからです。

Q：1. アルバイトで得たお金の使い道は？

　　2. アルバイトの収入でどうしましたか？

A：1. 本を買ったり、生活費に当てました。

　　2. 参考書代と小遣いの他はほとんど貯金しました。

　　3. 前から欲しかったギターを買いました。

　　4. サークル活動や旅行の資金にしました。

　　5. 母に服をプレゼントしました。

Q：你打過什麼工？

A：1. 我在某家超級市場（supermarket）做過商品管理。是一種
　　　移動、搬運等粗重的工作，但我很賣力，所以受到公司同仁
　　　的喜愛。

　　2. 我沒打過工。因為父母親給的生活費，已足夠生活，而且我
　　　認為享受（enjoy）學生生活比較好。

Q：1. 你打工賺到的錢用在什麼地方呢？

　　2. 兼差的收入你怎麼使用呢？

A：1. 買書或充當生活費。

　　2. 除了參考書錢和零用錢之外，其餘幾乎都存起來了。

　　3. 買了一直想要的吉他（guitar）。

　　4. 當作同好會活動或旅行的資金。

　　5. 買衣服給媽媽當禮物。

Q：1．アルバイトを通じて何を学びましたか？

2．アルバイト（体験）から何を得ましたか？

A：1．家庭教師をやって、人に教えることの難しさと楽しさを学びました。

2．仕事の厳しさと、苦労しながらもお金を得ることの喜びを知りました。

3．いろんな人と出会い、人間関係の難しさと大切さがわかりました。

4．仕事を通してチームワークと責任感の重要性を実感しました。

5．現実は甘くなく、厳しいということを痛感しました。

6．改めて学生生活の素晴らしさと学問の大切さがわかりました。

アドバイス☞学生にふさわしくない、また面接官の心証を悪くするようなアルバイトを例に挙げてはいけません。それから学業よりもアルバイトの方に熱心だったと思われるような答え方も避けましょう。またアルバイトとしての仕事と正社員としての仕事は別物であるということも忘れないように……。

Q：1.透過打工你學到了什麼？

2.從打工（的經驗）中你得到了什麼？

A：1.當家庭教師，我學到了教人的困難與樂趣。

2.我瞭解到工作的不簡單、以及辛苦賺錢的喜悅。

3.和各種人接觸，我瞭解到人際關係的困難與重要性。

4.透過工作，讓我實際感覺到團隊協調與責任感的重要性。

5.我深切地感覺到現實不簡單、嚴酷。

6.我再度瞭解到學生生活的可貴與學問的重要性。

建　議：不可舉出不適合學生且讓面試主考官印象惡劣的打工例子。

另外，也要避免讓人覺得打工比學業熱衷的回答方式。再

者，也不要忘記打工的工作和正式職員的工作是有所區別的

……。

14. 経歴
けい れき

Q：（あなたの）経歴を述べてください。
　　　　　　　　　　　　　の

A：大学を卒業後、三光貿易会社で3年ほど輸入業務に従事し
　　だいがく そつぎょうご さんこうぼうえきがいしゃ さんねん ゆにゅうぎょうむ じゅうじ

　　ました。その後、永安旅行代理店で予約業務を2年間、担
　　　　　　　　ご えいあんりょこうだいりてん よやくぎょうむ にねんかん たん

　　当しました。
　　とう

★関連表現

Q：どんな経歴をお持ちですか？

A：学校を出た後、○○という日本語の塾で1年間、受付の仕事を
　　がっこう で あと にほんご じゅく いちねんかん うけつけ しごと

　　やりました。2年前にコスモスホテルにフロント係として採用
　　　　　　　まえ がかり さいよう

　　され、現在に至っております。
　　　　げんざい いた

Q：今まで、どんな仕事の経験がありますか？
　　いま しごと けいけん

A：1. コンピュータ関係の会社の広報・宣伝課に勤務し、そこで
　　　　　　　　かんけい かいしゃ こうほう せんでんか きんむ

　　　　展示会やイベントなどの企画を担当した経験があります。
　　　　てんじかい きかく

　　2. 去年の夏休みに、ファーストフードの店でアルバイトをし
　　　　きょねん なつやす みせ

　　　　ましたが、そこで店員の仕事を経験しました。
　　　　　　　　てんいん

　　3. 特にありませんが、アルバイトとしてスーパーで配達の仕
　　　　とく はいたつ

　　　　事をしたことがあります。

14. 經　　歷

> Q：請敘述一下（你的）經歷。
>
> A：大學畢業後，我在三光貿易公司從事了三年左右的進口業務。之後，在永安旅行社擔任了兩年的訂房〔位〕業務。

★相關問答

Q：您有什麼經歷呢？

A：學校畢業後，我在某某日語補習班擔任過一年的櫃臺工作。兩年前被錄用為宇宙大飯店（Cosmos Hotel）的櫃臺（front）服務生直到現在。

Q：截至目前為止，你有怎樣的工作經驗？

A：1. 我在電腦公司的公關宣傳課服務過，曾經擔任過展示會、促銷活動（event ＝ event plan）等的企劃。

　　2. 去年暑假，我在速食店打過工，經歷過店員的工作。

　　3. 我沒有特別的經歷，但是打工時我曾經做過超市的送貨工作。

4．特別ありませんが、日本語の翻訳の仕事を手伝ったことが
あります。

Q：今までの職歴を話してください。

A：学校を卒業した後、○○会社の経理課に1年半勤め、その後○
○会社の営業部で市場調査の仕事に3年ほど従事しました。現
在は○○デパートで商品企画業務を担当しております。

Q：これまでどんな仕事に従事しましたか？

A：貿易会社の事務とカラオケバーでの接客の仕事に従事しました。
事務と接客には自信があります。

Q：以前の（お）仕事は何ですか？

A：1．車のセールスです。○○商社の営業課に勤めていました。セー
ルスは得意な方です。

　　2．事務関係です。生命保険会社で伝票整理の仕事をしていま
した。経理方面にはかなりの自信があります。

Q：以前の職業は？

A：ある貿易会社の事務員でした。

4.我沒有特別經歷，但是曾經幫忙過日語翻譯的工作。

Q：請談談截至目前的職務經歷。

A：學校畢業後，我在某某公司的會計課上了一年半的班，後來在某某公司的營業部從事了三年左右的市場調查工作。目前在某某百貨公司(depart ＝ department store)擔任商品企劃業務。

Q：以前你從事過什麼工作呢？

A：我從事過貿易公司的事務處理和在卡拉ＯＫ店接待客人的工作。對事務處理和接待客人有信心。

Q：你以前的工作是什麼？

A：1.是汽車銷售。我在某某貿易公司的營業課服務過。擅長銷售。

　　2.是事務性的工作。我在人壽保險公司做過傳票整理的工作。在會計方面相當有把握。

Q：你以前的職業是？

A：我是某家貿易公司的辦事員。

Q：以前、どんな仕事をしていましたか？

A：「〇〇」という日本料理店でマネージャーとして接客の仕事を
していました。

Q：以前、何をしていましたか？

A：1．本屋の店員です。

　　2．「〇〇」というホテルでフロントの仕事をしていました。

　　3．医療品の販売です。

　　4．公務員です。電話局に勤めておりました。

Q：これまでどんな仕事に就きましたか？

A：1．車のセールスの仕事です。

　　2．電気製品の販売とタクシーの運転です。

　　3．家具の製造販売です。

　　4．貿易会社で輸出業務の仕事に従事していました。

　　5．ある日系企業で輸入販売業務の仕事をしていました。

　　6．今まで仕事に就いたことはありません。

メ　モ

★主な業種名は巻末資料④（p. 336）を参照してください。

Q：以前，你在做什麼工作？

A：我當「某某」日本料理店的經理（manager），從事接待客人
　　的工作。

Q：以前，你在做什麼？

A：1. 我是書店的店員。

　　2. 我在「某某」飯店做櫃臺的工作。

　　3. 我在販賣醫療用品。

　　4. 我是公務員。在電信局上班。

Q：以前你做過什麼工作？

A：1. 我做過汽車銷售的工作。

　　2. 我販賣過電器製品也開過計程車。

　　3. 我從事過家具的製造販賣。

　　4. 我在貿易公司從事過出口業務的工作。

　　5. 我在某日商公司做過進口銷售業務的工作。

　　6. 我以前沒有做過事。

附　　記

★主要的行業名稱，請參照卷末資料④（P. 336）。

15. 退職理由
たいしょく りゆう

Q：前の会社を辞めた理由は(何ですか)？
　　まえ　かいしゃ　や　　りゆう　　なん

A：将来性のある会社で、自分の力をもっと試したいと思った
　　しょうらいせい　　　　　じぶん　ちから　　　　　ため　　　おも

からです。

★関連表現

Q：1．なぜ以前の会社を辞めたのですか？
　　　　いぜん

　　2．退社した理由は何ですか？
　　　　たいしゃ

A：1．自分の専門知識をもっと生かせる仕事がしたいと思ったか
　　　　　せんもんちしき　　　　　い　　　　しごと

　　らです。

　　2．以前の仕事が自分に合わないとわかったからです。
　　　　　　　　　　　　あ

Q：1．退職の理由は？

　　2．退職した理由は？

A：家庭の事情です。一時、家業を手伝わなければならなかったた
　　かてい　じじょう　　いちじ　かぎょう　てつだ

めです。

— 66 —

15. 離職原因

Q：你辭掉以前工作的原因是（什麼）？

A：因為我想在有發展性的公司，更加試試自己的能力。

★相關問答

Q：1. 為什麼你辭掉了以前的工作？

2. 你離職的原因是什麼？

A：1. 因為我想從事更能夠活用自己專業知識的工作。

2. 因為我明白以前的工作並不適合自己。

Q：1. 你辭掉工作的原因是？

2. 你離職的原因是？

A：是家庭的緣故。因為我必須暫時幫忙家業。

Q：1. どうして辞職したんですか？
　　　じしょく

　　2. なぜ辞任しましたか？
　　　じにん

A：1. 健康上の理由です。現在は至って健康です。
　　　けんこうじょう　りゆう　　げんざい　いた

　　2. 仕事の関係で体を壊したためです。でも、今は全快してと
　　　しごと　かんけい　からだ　こわ　　　　　　　いま　ぜんかい

　　　ても健康です。

Q：1. 為什麼你辭職了？

　　2. 為什麼你辭掉了工作？

A：1. 是由於健康的緣故。而現在我很健康。

　　2. 是因為工作的關係把身體弄壞了。不過，現在我全好了，非

　　　常健康。

アドバイス☞面接では辞めた以前の会社の悪口は差し控えるべきですが、日本語の表現練習のために敢えてここに記載しました。

Q：どうして前の仕事を辞めたんですか？

A：1．仕事の割りに給料が少なかったためです。

2．前の会社は景気が悪く、将来性がないからです。

3．お茶汲み等の単純作業にうんざりして、もっとやり甲斐のある仕事に就きたいと思ったからです。

4．以前の仕事は単調でやり甲斐がなく、もっと自分を生かせる仕事があると思ったからです。

5．労働条件や環境が悪く、上司の理解も得られなかったためです。

6．ワンマン経営の社長と主張が折り合わず、止むなく辞職しました。

7．前の仕事はキツくて、給料も安かったからです。

8．自分の努力が報われず、過小評価されたからです。

9．同族会社で、自分の能力を発揮できるチャンスが少なかったからです。

10．一身上の都合により辞めました。

建　議：面試時，應該避免攻擊以前服務的公司，但是為了日語的
　　　　會話練習，我們姑且將其刊載于后。

Q：你為什麼把以前的工作辭掉了？

A：1.因為工作多而薪水少。

　2.因為以前的公司景氣不好，沒有發展性。

　3.因為我對倒茶等簡單的作業感到厭倦，想從事更有意義的工
　　作。

　4.因為以前的工作單調、沒有從事的價值，我認為有讓自己更
　　能發揮的工作。

　5.因為工作條件與環境差，又得不到上司的體諒。

　6.因為主張和獨裁（ 日製英語 one man ）的老闆不合，不得已
　　辭掉了工作。

　7.因為以前的工作太累，薪水又少。

　8.因為自己的努力得不到回報、被低估了。

　9.因為是家族企業，能夠發揮自我能力的機會很少。

　10.因為個人的因素而辭掉了工作。

16. 志望動機
しぼうどうき

Q：当社を選んだ理由は何ですか？
とうしゃ えら りゆう なん

A：今まで勉強してきた日本語を生かせる日系企業で働いてみ
いま べんきょう にほんご い にっけいきぎょう はたら

たいと思ったからです。
おも

★関連表現

Q：どうして我が社を選びましたか？
わ しゃ

A：こちらは有望な会社で、仕事の内容も自分にとても向いている
ゆうぼう かいしゃ しごと ないよう じぶん む

（と思った）からです。

Q：当社に応募した理由は？
おうぼ

A：こちらの会社は将来性が高く、業務内容にもたいへん働き甲斐
しょうらいせい たか ぎょうむ がい

を感じるからです。
かん

Q：なぜ我が社に応募しましたか？

A：1．将来性のあるこちらの会社で、自分の力を発揮できたらと
ちから はっき

思い、応募しました。

2．働き甲斐のあるこちらの会社で、自分の好きな仕事に打ち
す う

込みたいと思い、応募しました。
こ

16. 應徵動機

Q：你選擇本公司的原因是什麼？

A：因為我想在日資企業工作，以便活用學來的日語。

★相關問答

Q：為什麼你選擇本公司呢？

A：因為（我想）貴公司是個有前途的公司，而工作內容也很適合自己。

Q：你應徵本公司的原因是？

A：因為貴公司很有發展性，而業務內容又令人感到非常有工作的價值。

Q：你為什麼應徵本公司呢？

A：1. 因為我想在有發展性的貴公司，能夠發揮自己的能力，所以前來應徵。

2. 因為我想在有工作價值的貴公司，專心從事自己喜歡的工作，所以前來應徵。

Q：何で我が社を知りましたか？

A：1．中国時報の新聞広告で知りました。

　　2．○○新聞の求人欄で知りました。

Q：どうして当社を知りましたか？

A：1．業界雑誌で以前から知っていました。

　　2．こちらに勤めている○○○さんの紹介です。

　　3．学校の先生の推薦です。

　　4．知人の紹介です。とても有望な会社だと聞きました。

Q：你是怎樣知道本公司的？

A：1. 我是從中國時報的新聞廣告上知道的。

　　2. 我是在某某報的求才廣告版上知道的。

Q：為什麼你知道本公司？

A：1. 我是以前從同業雜誌上就知道了。

　　2. 是服務於貴公司的某某先生〔小姐〕介紹的。

　　3. 是學校老師推薦的。

　　4. 是朋友介紹的。聽說貴公司很有發展。

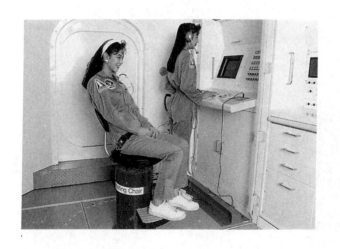

17. 会社のイメージ・感想

Q：当社に対してどんなイメージをお持ちですか？

A：将来性に溢れた、働き甲斐のある会社だと思います。

★関連表現

Q：当社に対してどんな印象を持っていますか？

A：1. とても明るく将来性豊かな会社だと思います。

2. よくテレビや新聞のコマーシャルで拝見しておりますが、

非常に現代的でセンスが良く、洗練された企業…というイ

メージがあります。

3. 地味ですが、堅実で将来性のある会社だと思います。

Q：我が社について知っていること、感じていることを聞かせてく

ださい。

A：知り合いの方から、こちらの会社の評判をよく聞きます。仕事

は厳しいけれど、とても家庭的で働き甲斐があるそうです。そ

の方の勧めもあってこちらに応募しました。

17.　公司的形象‧感覺

> Q：您對本公司有何印象（image）？
>
> A：我覺得是一個充滿發展性、值得奉獻的公司。

★相關問答

Q：你對本公司有什麼印象？

A：1. 我覺得是一個非常明朗、充滿希望的公司。

　　2. 我常常在電視或報紙的廣告（commercial）上看到貴公司，貴公司給人的印象是：非常現代、感覺良好、極為圓熟…。

　　3. 我認為貴公司不顯著，但踏實、有前途。

Q：請讓我們聽聽你對本公司的瞭解、感覺。

A：我從熟識的朋友那裏，經常聽到貴公司的風評。聽說工作嚴謹，但很有家庭的氣氛、值得奉獻。也由於那位朋友鼓勵，所以前來貴公司應徵。

メ　モ

★企業関係のキーワード

1　⓪インフレ→⓪デフレ

2　⓪倒産する

3　⓪円高・⓪ドル安

4　⑥貿易摩擦、⑥経済摩擦

5　⑤ハイテク産業

6　③OA：事務処理を機械化して効率と生産性の向上を図ること

7　②コマーシャル〔⓪CM〕

8　⑥ZD運動：「無欠点運動」で品質管理、原価、納期面の向上を図る為に行なわれる

9　⑤QCサークル：品質管理の作業を改善させる為に職場単位で組織された少人数班

10　⑨マーケティング・リサーチ

11　⑤アフターサービス(をする)

12　⓪市場開拓、⓪輸出拡大

13　④多角経営(を行なう)

14　⓪脱税する

15　①シェア〔⑥市場占有率〕

16　⓪売上倍増(を図る)

17　⑥人材スカウト

18　③人件費(がかかる)

19　③ストライキ〔①②スト〕

20　⓪データ処理(を)する

21　④㊙文書〔④機密文書〕

22　⑤産業ロボット

23　⑤海外進出する

24　⑤ベンチャー・ビジネス：高度技術と知識で創造的な新事業を行なう中小企業

25　⓪経営合理化(を行なう)

26　④コストダウン→④コストアップ

附　　記

★企業方面的術語（key word）

1　通貨膨脹（inflation）↔通貨緊縮（deflation）

2　倒閉

3　日圓升值、美元貶值

4　貿易摩擦、經濟摩擦

5　高科技（high technology）工業

6　辦公室自動化（office automation）：事務處理機械化，以謀求效率與生產的提高

7　廣告（commercial）

8　Z D（zero defects）運動：「無缺點運動」，為謀求品管、成本、交貨日期之改善而推行的運動

9　品管圈（quality control circle）：為改善品管作業而以工作單位組成的小組

10　市場調查（marketing research）

11　售後服務（after service）

12　開拓市場、擴大出口

13　（實行）多角化經營

14　逃稅，漏稅

15　市場占有率（share）

16　（謀求）銷售額倍增

17　挖掘（scout）人才

18　（支出）人事費用

19　罷工；罷課（strike）

20　資料處理

21　機密文件

22　產業機器人

23　海外投資

24　風險事業（venture business）：以高技術和知識進行開創性新事業的中小企業

25　（實行）經營合理化

26　降低成本（cost down）↔提高成本（cost up）

27 ⑤人員整理（をする）
じんいんせいり

28 ⓪首切り反対
くびき　はんたい

29 ①春闘
しゅんとう

30 ⓪親方日の丸
おやかた ひ　まる

31 ③親会社→②子会社
がいしゃ　　こ

32 ⓪下請け（に出す）
したう　　　だ

33 ④大手メーカー、④大手企業
おおて　　　　　　き ぎょう

34 ⑤中小企業（で働く）
ちゅうしょう　はたら

35 ⑤零細企業（を経営する）
れいさい　　けいえい

36 ⑦超LSI
ちょうエルエスアイ

37 ③超電導　〔③超伝導〕
でんどう　　　でん

38 ④光ファイバー
ひかり

39 ⑤人工知能　〔③AI〕
じんこう ち のう　　エーアイ

40 ③ハイビジョン〔⑥高品位
こうひん い
テレビ〕

41 ⑥バイオテクノロジー

42 ⑤花形産業
はながたさんぎょう

43 ④レジャー産業

44 ④リース産業

45 ④スペシャリスト

46 ⑦モラトリアム人間
にんげん

47 ④ヘッドハンター

48 ④ヒット商品
しょうひん

49 ④ベストセラー（になる）

50 ②クレジット、⓪月賦
げっ ぶ

51 ⓪マスコミ（を利用する）
りよう

52 ⓪口コミ（で広まる）
くち　　　ひろ

53 ⑥ダイレクトメール

54 ④ソフトウエア

55 ④ハードウエア

56 ⑧インテリジェントビル

57 ②⓪トレンド

58 ⓪ダンピングする

59 ③タイアップする

60 ④為替レート　〔④為替相場〕
かわ せ

61 ⓪相場（が上がる）
そう ば　　あ

62 ③コンサルタント

63 ①ノウハウ（を教える）
おし

64 ⑤リーダーシップ（をとる）

27 精簡人員，裁員

28 反對革職〔解雇〕

29 春鬥《春季要求加薪的抗爭》

30 鐵飯碗（老闆是日本政府）

31 母公司↔子公司

32 （把…）轉包（出去）

33 大製造商、大企業

34 （在）中小企業（工作）

35 （經營）零星企業

36 超大型積體電路（large-scale integrated circuit）

37 超導電〔超傳導〕

38 光束纖維，光纖

39 人工智慧（artificial intelligence）

40 高解像度電視（high definition televison）

41 生物科技（biotechnology）

42 走紅的產業

43 休閒（leisure）事業

44 租賃（lease）業

45 專家（specialist）

46 怕進社會（moratorium）的人

47 獵才人員（headhunter）

48 暢銷（hit）品

49 （成為)暢銷書〔物品〕（best seller）

50 信用（credit）、按月付款

51 （利用)大眾傳播（mass communication）

52 （靠)口碑(宣傳)

53 直接郵件，廣告信函（direct mail）

54 軟體（software）

55 硬體（hardware）

56 智慧型大樓（intelligent building）

57 流行；趨勢（trend）

58 傾銷（dumping）

59 提攜，合作（tie-up）

60 匯率（exchange rate）

61 行情(上揚)

62 顧問（consultant）

63 （傳授)專門知識〔秘訣〕（know-how）

64 （發揮)領導統御能力(leadership)

65 ⑤キャッチフレーズ

66 ③CI 〔④企業認識〕
シーアイ　　きぎょうにんしき

67 ①JIS 〔⑧日本工業規格〕
ジス　　　にほんこうぎょうきかく

68 ④ODA 〔①政府開発援助〕
オーディエー　せいふかいはつえんじょ

69 ②OPEC 〔⑨石油輸出国機
オペック　　　せきゆゆしゅっこくき
構〕
こう

70 ③土地転がし
とちころ

71 ⑦インサイダー取引(をする)

72 ③闇カルテル(を結ぶ)
やみ　　　　　　　　むす

73 ②アセアン 〔⑤東南アジア諸
とうなん　　　しょ
国連合〕
こくれんごう

74 ⑦コンピュータ・ウイルス

75 ⓪BS 〔⑤衛星放送〕
ビーエス　えいせいほうそう

76 ①NIES 〔⑬新興工業経済
ニーズ　　しんこうこうぎょうけいざい
地域〕
ちいき

77 ⑤パラボラアンテナ 〔⑦DB
ディービー
Sアンテナ〕
エス

78 ④NTT 〔③日本電信電話株
エヌティティ　にっぽんでんしんでんわかぶ
式会社〕
しきがいしゃ

79 ③メンテナンス

80 ⑤公定歩合
こうていぶあい

81 ⑤損失補塡する
そんしつほてん

82 ①ガット 〔⑬関税貿易一般協
かんぜいぼうえきいっぱんきょう
定〕
てい

83 ⑥ウルグアイ・ラウンド 〔⑩
多角的貿易交渉〕
たかくてき　　こうしょう

84 ①ファジー

85 ②エコロジー

86 ③ノンバンク

87 ① TOPIX 〔東京証券取引所株
トピックス　とうきょうしょうけんとりひきじょかぶ
価指数〕
かしすう

65 （廣告等的）流行口號（catch phrase）

66 企業標識(corporate identity)

67 日本工業規格（Japanese Industrial Standard）

68 政府開發援助（official development assistance）

69 石油輸出國家組織（Organization of Petroleum Exporting Countries）

70 炒地皮

71 內線(insider)交易

72 （聯合）同業壟斷市場

73 東南亞國家協會，東協(Association of Southeast Asian Nations)

74 電腦病毒(computer virus)

75 廣播衛星(broadcast satellite)

76 新興工業經濟體（newly industrializing economies）

77 拋物面〔碟形〕天線(parabolic antenna ＝ direct broadcast satellite antenna）

78 日本電信局（Nippon Telegraph and Telephone Corporation）

79 維護，保養(maintenance)

80 重貼現率

81 彌補損失

82 關稅暨貿易總協定（GATT, General Agreement on Tariffs and Trade）

83 烏拉圭回合談判（Uruguay round）

84 模糊的(fuzzy)

85 生態學(ecology)

86 銀行以外的(nonbank)

87 東京證券交易所股價指數（Tokyo Stock Price Index）

18. 免許・資格・特技
めんきょ　　しかく　　とくぎ

Q：何か資格や特技を持っていますか？
　　なに　　　　　　　　　　　も

A：1. はい。普通乗用車の免許と珠算二級を持っています。
　　　　　　ふつうじょうようしゃ　　　　　しゅざんにきゅう

　　2. いいえ。特にないんですが、ギターが弾けます。
　　　　　　　　とく　　　　　　　　　　　　　　　　ひ

★関連表現

Q：どんな資格や特技をお持ちですか？

A：1. 調理師の資格を持っています。
　　　ちょうりし

　　2. 特技とはいえませんが、英文タイプが打てます。
　　　　　　　　　　　　　　　　えいぶん　　　　う

Q：何か資格や特技がありますか？

A：1. はい。日本料理と生け花ができます。
　　　　　りょうり　い　ばな

　　2. はい。日本語のワープロが打てます。
　　　　　にほんご

　　3. これといってありませんが、社交好きで人とすぐ仲良くな
　　　　　　　　　　　　　　しゃこうず　　ひと　　　　なかよ

　　　れます。

　　4. 特にありませんが、ダンスが得意です。
　　　　　　　　　　　　　　　　とくい

　　5. 特技というほどではありませんが、ピアノが少しできます。
　　　　　　　　　　　　　　　　　　　　　　　　すこ

18. 執照・資格・特殊技能

Q：你有什麼資格、特殊技能嗎？

A：1. 有的，我有普通小型車的駕照和珠算二級的資格。

　　2. 沒有，雖然沒有特別的資格，但我會彈吉他。

★相關問答

Q：您有什麼資格、特殊技能嗎？

A：1. 我有廚師的資格。

　　2. 雖然說不上是特殊技能，但我會英文打字。

Q：你有什麼資格、特殊技能嗎？

A：1. 有的，我會做日本料理和插花。

　　2. 有的，我會操作日文的文字處理機。

　　3. 我沒有特殊技能，但喜歡社交，可以很快和別人相處融洽。

　　4. 我沒有特殊技能，但擅長舞蹈（dance）。

　　5. 雖然談不上是特殊技能，但我會彈一點鋼琴（piano）。

メ　モ

★各種資格・技能
かくしゅ　し　かく　　ぎ　のう

1 ⓪珠算、⓪算盤
　　しゅざん　　　　そろばん

2 ①書道
　　しょどう

3 ⓪ワープロ〔⑥ワードプロ

　　セッサー〕

4 ②テレックス

5 ①ファックス〔①③ファクシ

　　ミリ〕

6 ①タイプ〔④タイプライター〕

7 ①柔道三段
　　じゅうどうさんだん

8 ⓪空手初段
　　から　て　しょ

9 ①剣道四段
　　けんどう　く

10 ④普通免許〔⑥普通免許証〕
　　ふ　つうめんきょ　　　　　　　　しょう

11 ⑦公認会計士
　　こうにんかいけい　し

12 ③調理師
　　ちょう　り

13 ⑥電気工事士
　　でん　き　こう　じ

14 ②危険物取扱者
　　き　けんぶつとりあつかいしゃ

15 ⑦無線通信士
　　む　せんつうしん

16 ①通訳案内業
　　やくあんないぎょう

17 ④建築士
　　けんちく

18 ⑨不動産鑑定士
　　ふ　どうさんかんてい

19 ④測量士
　　そくりょう

20 ⑦自動車整備士
　　じ　どうしゃせい　び

21 ③薬剤師
　　やくざい　し

22 ④司法書士
　　し　ほうしょ

23 ⓪国家公務員試験合格
　　こっ　か　こう　む　いん　し　けんごうかく

24 ③弁護士
　　べん　ご

25 ⑧臨床検査技師
　　りんしょうけん　さ　ぎ

26 ⑥Ｘ線技師
　　エックスせん

27 ⑥放射線技師
　　ほうしゃ

28 ⑥歯科衛生士
　　し　か　えいせい

29 ⑤宅地建物取引主任者
　　たく　ち　たてものとりひきしゅにんしゃ

30 ③看護婦
　　かん　ご　ふ

31 ⑤教員免許
　　きょういん

32 ②理容師
　　りよう　し

33 ②美容師
　　び

34 ④栄養士
　　えいよう

35 ①保母
　　ほ　ぼ

36 ③税理士
　　ぜいり

37 ⓪情報処理技術者
　　じょうほうしょり　ぎ　じゅつ

38 ⑧一般旅行業務取扱主任者
　　いっぱんりょこうぎょう　む

39 ⑤行政書士
　　ぎょうせい

— 86 —

附　記

★各種資格、技能

1　珠算、算盤

2　書法

3　文字處理機（word processor）

4　電傳打字機（ telex ）

5　傳真（ facs ＝ facsimile ）

6　打字機（type ＝ typewriter）

7　柔道三段

8　空手道初段

9　劍道四段

10　普通駕照

11　檢定合格會計師

12　廚師

13　電工

14　危險物品處理員

15　無線電通訊士

16　翻譯導遊業

17　建築師

18　不動產鑑定師

19　測量師

20　汽車檢修員

21　藥劑員

22　司法代書

23　高普考及格

24　律師

25　臨床檢驗技師

26　X光技師

27　放射線技師

28　牙科技師

29　房地產交易專員

30　護士

31　教師資格

32　理容師

33　美容師

34　營養師

35　保母

36　報稅會計師

37　資訊處理技術員

38　一般旅行業務處理專員

39　行政代書

19. 趣味・スポーツ・武道
しゅみ　　　　　　　　　　　　　　ぶ どう

Q：趣味は何ですか？
　　　　　　なん

A：映画と音楽です。
　　えい が　おんがく

★関連表現

Q：どんな趣味を持っていますか？
　　　　　　　　　　　　も

A：1. 山登りや旅行、そしてカラオケです。
　　　　やまのぼ　　りょこう

　　2. 写真と読書ですが、最近はゴルフに凝っています。
　　　　しゃしん　どくしょ　　　　　さいきん　　　　　　こ

Q：あなたの(ご)趣味は？

A：1. 生け花、料理、ショッピング、そしておしゃべりです。
　　　　い ばな　りょうり

　　2. 主にテニス、ギター、食べ歩きです。
　　　　おも　　　　　　　　　　た　ある

　　3. いろいろありますが、釣りやハイキングやキャンプ等です。
　　　　　　　　　　　　　　つ　　　　　　　　　　　　　　　など

19. 嗜好 · 運動 · 武術

Q：你的嗜好是什麼？

A：電影和音樂。

★相關問答

Q：你有什麼嗜好嗎？

A：1. 登山、旅行以及卡拉ＯＫ。

  2. 攝影和閱讀，但最近則熱衷於高爾夫球（golf）。

Q：你的嗜好是？

A：1. 插花、烹飪、購物（shopping）以及聊天。

  2. 主要是網球（tennis）、吉他、找美食店大快朵頤。

  3. 我有種種嗜好，像釣魚、健行（hiking）、露營（camp

   等。

Q：1. 好きなスポーツは何ですか？

2. どんなスポーツが好きですか？

A：1. 野球やテニスなどの球技類が好きです。

2. バスケットボールやサッカーのような団体競技が好きです。

3. ソフトボールやゴルフなどの屋外スポーツが好きです。

4. 特にありません。体を動かすことでしたら、何でも好きです。

5. 実はスポーツはあまり好きではありません。でも観たり、

応援したりするのは好きです。

Q：何か運動〔スポーツ〕をしていますか？

A：1. はい。暇な時、よくピンポンやバドミントンをします。

2. はい。毎朝ジョギングして、体力づくりに励んでいます。

3. いいえ、あまり運動はしませんが、時々ハイキングや山登

りに行きます。

4. これといった運動はやっていませんが、柔軟体操をよくや

ります。

5. いいえ、運動音痴なのであまりしません。でも体は丈夫で、

病気ひとつしたことがありません。

Q：1. 你喜歡的運動（sports）是什麼？

2. 你喜歡什麼運動？

A：1. 我喜歡棒球、網球等球類。

2. 我喜歡籃球（basketball）、足球（soccer）等團體競賽。

3. 我喜歡壘球（softball）、高爾夫球等戶外運動。

4. 沒有特別喜歡的。只要是活動身體的，我什麼都喜歡。

5. 說實在的我不太喜歡運動。但是喜歡觀看比賽或當啦啦隊。

Q：你有沒有從事什麼運動（sports）呢？

A：1. 有的，空閒時，我常打乒乓球（ping-pong）或羽毛球
（badminton）。

2. 有的，我每天早上慢跑（jogging），努力培養體力。

3. 沒有，我不常運動，但有時去健行或爬山。

4. 我沒有做特定的運動，但常做柔軟體操。

5. 沒有，因為我是不擅長運動的人。但是身體健康，沒有生過
一場病。

メ　モ

★いろいろな趣味
　しゅみ

A. 男性的な趣味
　だんせいてき

1 ①麻雀
　　　マージャン

2 ⓪将棋
　　　しょうぎ

3 ①碁
　　　ご

4 ⓪飲み歩き
　　　の　ある

5 ⓪ファミコン〔⑤ファミ
　　リー・コンピューター〕

6 ③プラモデル

7 ⓪ラジコン

8 ④テレビゲーム

9 ①ビデオ

10 ⑤切手のコレクション
　　　きって
　　〔④切手収集〕
　　　しゅうしゅう

11 ④マッチ箱のコレクション
　　　　ばこ

12 ⓪釣り〔③魚釣り、④⓪③
　　　つ　　さかな
　　魚釣り〕
　　うお

13 ⓪パチンコ

14 ⓪写真、⓪撮影
　　　しゃしん　さつえい

15 ①キャンプ

16 ③ビリヤード

17 ⑤植物採集
　　　しょくぶつさいしゅう

18 ⓪ゴロ寝
　　　　ね

19 ②ドライブ

20 ⓪プロレス

21 ①ヨット

22 ⓪盆栽
　　　ぼんさい

23 ③庭いじり
　　　にわ

24 ⓪スケボウ〔⑤スケートボー
　　ド〕

B. 女性的な趣味
　じょせい

1 ②生け花
　　　い　ばな

2 ①料理
　　　りょうり

3 ①ショッピング、⑤ウィン
　　ドーショッピング

附　記

★各種嗜好

A. 男性的嗜好

1　麻將

2　象棋

3　圍棋

4　喝遍名店

5　家用電腦（family computer）

6　塑膠模型(plastic model)

7　無線電操縱，遙控模型（radio control）

8　電視遊樂器（televison game）

9　錄影帶（video）

10　集郵

11　集火柴盒

12　釣魚

13　柏青哥，小鋼珠（pachinko）

14　照相、攝影

15　露營

16　撞球（billiards）

17　採集植物

18　睡大頭覺

19　開車兜風（drive）

20　職業摔角（professional wrestling）

21　快艇，遊艇（yacht）

22　盆景

23　修剪庭園

24　溜滑板（skateboard）

B. 女性的嗜好

1　插花

2　烹飪，做菜

3　購物、逛櫥窗（window shopping）

4 ②おしゃべり

5 ⓪ピアノ

6 ④エアロビクス

7 ③ジャズダンス

8 ①⓪手芸
しゅげい

9 ④ドライフラワー

10 ⓪裁縫
さいほう

11 ②おしゃれ

12 ⓪刺繍
し しゅう

13 ③星占い
ほしうらな

C. 男女共通の趣味
だんじょきょうつう しゅみ

1 ①ヨガ

2 ⓪カラオケ

3 ①ギター

4 ⓪ボーリング

5 ④ゲートボール

6 ①サーフィン

7 ④ウィンドサーフィン

8 ①ハイキング

9 ③山登り
やまのぼ

10 ①ダンス：①ディスコ、

④社交ダンス
しゃこう

11 ⓪ジョギング

12 ⓪散歩
さんぽ

13 ①⓪音楽：③②クラシッ
おんがく
ク、①ポピュラー

14 ①読書
どくしょ

15 ⓪旅行
りょこう

16 ①⓪映画
えい が

17 ①絵画
かい

18 ④絵画鑑賞
かんしょう

19 ④バードウォッチング

20 ③森林浴
しんりんよく

21 ⑤温泉めぐり
おんせん

22 ⓪食べ歩き
た　ある

23 ⓪文通
ぶんつう

24 ①書道
しょどう

25 ①茶道
さ

26 ⑥美術館めぐり
び じゅつかん

27 ①サイクリング

28 ⑤ＭＴＶ
エムティーブイ

29 ②トランプ

4 聊天

5 鋼琴

6 有氧舞蹈（aerobics）

7 爵士舞（jazz dance）

8 手工藝

9 乾燥花（dry flower）

10 裁縫

11 打扮

12 刺繡

13 星相占卜，占星

C. 男女共同的嗜好

1 瑜伽（yoga）

2 卡拉OK

3 吉他

4 保齡球（bowling）

5 槌球（gate ball）

6 衝浪（surfing）

7 風浪板運動

　（windsurfing）

8 健行

9 登山

10 舞蹈：迪斯可（disco）、

　社交舞

11 慢跑

12 散步

13 音樂：古典（classic）、

　流行（popular）

14 閱讀

15 旅行

16 電影

17 繪畫

18 繪畫欣賞

19 賞鳥（bird watching）

20 森林浴

21 探訪溫泉

22 吃遍名店

23 通信，書信往來

24 書法

25 茶道

26 走訪美術館

27 騎自行車兜風（cycling）

28 MTV（Music Television）

29 玩撲克牌（trump）

30 1ゴルフ

31 4太極拳
たいきょくけん

32 3外丹功、0気功
がいたんこう　きこう

33 3合気道
あいきどう

34 5スキューバ・ダイビング

35 5ハンググライダー

36 4パラグライダー

37 4スカイダイビング

38 1アーチェリー

39 10乗馬
じょうば

40 0演劇、0芝居
えんげき　しばい

41 0園芸
えんげい

★いろいろなスポーツ

1 0野球
やきゅう

2 4ソフトボール

3 1テニス

4 0卓球〔1ピンポン〕
たっ

5 4バレーボール

6 6バスケットボール

7 9アメリカンフットボール

8 1サッカー

9 1ラグビー

10 3バドミントン

11 4ハンドボール

12 4ドッジボール

13 2スカッシュ

14 5陸上競技
りくじょうきょうぎ

15 0相撲
すもう

16 1フェンシング

17 1ボクシング

18 1レスリング

19 5ウエイトリフティング

20 0体操
たいそう

21 2スキー

22 02スケート

23 0水泳
すいえい

24 1ホッケー

25 1馬術
ばじゅつ

26 3高飛び込み
たか　と　こ

30 高爾夫　　　　　　　　　36 翼傘飛行運動（paraglider）

31 太極拳　　　　　　　　　37 跳傘（sky diving）

32 外丹功、氣功　　　　　　38 射箭（archery）

33 合氣道　　　　　　　　　39 騎馬

34 潛水運動(scuba diving)　40 演劇、戲劇

35 滑翔翼（hang glider）　41 園藝

★各種運動

1　棒球　　　　　　　　　　14　田徑

2　壘球（softball）　　　　15　相撲

3　網球（tennis）　　　　　16　擊劍（fencing）

4　桌球，乒乓球（ping-pong）　17　拳擊（boxing）

5　排球（volleyball）　　　18　角力（wrestling）

6　籃球（basketball）　　　19　舉重（weight lifting）

7　美式足球(American football)　20　體操

8　英式足球（soccer）　　　21　滑雪（ski）

9　橄欖球（rugby）　　　　22　溜冰（skate）

10　羽毛球（badminton）　　23　游泳

11　手球（handball）　　　　24　曲棍球（hockey）

12　躲避球（dodge ball）　　25　馬術

13　迴力球（squash）　　　　26　跳水

★武術・武道
ぶ じゅつ　どう

1　①柔道
　　　じゅう

2　①剣道
　　　けん

3　①弓道
　　　きゅう

4　◯空手
　　　から て

5　②跆拳道
　　　テ コンドー

6　④太極拳
　　　たいきょくけん

7　③合気道
　　　あい き

8　①カンフー

9　①拳法
　　　けんぽう

★武術、武藝

1 柔道

2 劍道

3 射箭

4 空手道

5 跆拳道

6 太極拳

7 合氣道

8 功夫

9 拳法

20. 健康状態
けんこうじょうたい

Q：健康状態はどうですか？

A：至って健康です。
　　いた

★関連表現

Q：健康状態はいかがですか？

A：1．至って健康で、体力には自信があります。
　　　　　　　　　　たいりょく　　じしん

　　2．今、ちょっと風邪をひいていますが、普段はとても健康です。
　　　　いま　　　　かぜ　　　　　　　　　　ふだん

Q：体は丈夫ですか？
　　からだ　じょうぶ

A：1．はい。日頃、健康管理には充分気をつけているのでとても
　　　　　ひごろ　　けんこうかんり　じゅうぶんき

　　　丈夫です。

　　2．はい。お陰様でたいへん丈夫です。
　　　　　　かげさま

Q：以前〔過去に、今までに〕重い病気にかかったことがありますか？
　　いぜん　かこ　　　　　　おも　びょうき

A：1．いいえ、特にありません。健康には自信があります。
　　　　　　とく

　　2．はい。子供の時、急性肝炎を患ったことがありますが、完
　　　　　こども　とき　きゅうせいかんえん　わずら　　　　　　　　　　かん

　　　治し、現在は至って健康です。
　　　ち　　げんざい

20. 健康狀況

Q：你的健康狀況怎麼樣呢？

A：我很健康。

★相關問答

Q：你的健康狀況如何呢？

A：1. 我很健康，對體力有自信。

2. 我目前雖然有點感冒，但平常非常健康。

Q：你的身體硬朗嗎？

A：1. 是的，由於平時非常注意健康保養，所以我很硬朗。

2. 是的，托您的福，我非常健康。

Q：你以前〔過去，從前〕曾經患過重病嗎？

A：1. 不，我沒患過什麼特別的重病。我對健康有自信。

2. 是的，小時候，我曾患過急性肝炎，但已完全治好，現在很健康。

Q：何か持病がありますか？

A：1．いいえ、全くありません。

　　2．ちょっと冷え症ですが、日常生活には別状ありません。

Q：血圧は高いですか？

A：1．いいえ、普通です。

　　2．ちょっと高いほうですが、仕事や生活には何ら差し支えありません。

アドバイス☞健康状態や病気のことで、面接官に不必要な不安や心配を与えるような答えは避けましょう！

メ　モ

★病気や多い症状（主に持病に関するもの）

1　⑧アレルギー性鼻炎　　　　11　⓪痔

2　⓪花粉症　　　　　　　　　12　⑧アトピー性皮膚炎

3　⓪神経痛　　　　　　　　　13　⓪貧血

4　⓪リューマチ　　　　　　　14　③偏頭痛

5　⓪喘息　　　　　　　　　　15　②肩凝り

6　②胃潰瘍　　　　　　　　　16　⓪耳鳴り

7　⓪腰痛　　　　　　　　　　17　③脚気

8　⓪成人病　　　　　　　　　18　⓪鳥目

9　⓪糖尿病　　　　　　　　　19　⓪便秘

10　③高血圧　　　　　　　　　20　⓪食欲不振

Q：你有什麼宿疾〔老毛病〕嗎？

A：1.沒有，我完全沒有。

2.我有點虛冷，但對日常生活沒有什麼影響。

Q：你血壓高嗎？

A：1.不，我血壓正常。

2.我血壓有點高，但對工作或生活沒有任何妨礙。

建　議：在健康狀況、疾病方面，回答要避免給面試主考官不必要的
　　　　不安或擔心。

附　記

★疾病或症狀（主要與宿疾有關者）

1　過敏（Allergie）性鼻炎　　　11　痔瘡

2　花粉病　　　　　　　　　　12　先天（atopy）性皮膚炎

3　神經痛　　　　　　　　　　13　貧血

4　風濕症（rheumatism）　　　14　偏頭痛

5　氣喘（病）　　　　　　　　15　肩膀酸痛

6　胃潰瘍　　　　　　　　　　16　耳鳴

7　腰痛　　　　　　　　　　　17　腳氣（病）

8　成人病　　　　　　　　　　18　夜盲症

9　糖尿病　　　　　　　　　　19　便秘

10　高血壓　　　　　　　　　　20　食欲不振

21. 家族・家庭のこと
かぞく　かてい

> Q：(ご)家族について話してください。
> はな
>
> A：両親と4人兄弟の6人家族です。父は公務員で、兄は会社
> りょうしん よ にんきょうだい ろくにん ちち こうむいん あに かいしゃ
>
> 員です。姉は小学校の先生で、弟は政治大学の学生です。
> いん あね しょうがっこう せんせい おとうと せいじだいがく がくせい

★関連表現

Q：1. (ご)家族は？

　2. 家族構成は？
　　　こうせい

　3. どんな(ご)家族ですか？

　4. (ご)家族はどうしていますか？

A：1. 祖母と両親と弟と妹と私の6人家族です。父はある会社に
　　そぼ いもうと わたし
　　勤めています。弟は現在、兵役に服していて、妹は専門学
　　つと げんざい へいえき ふく せんもん
　　校に通っています。
　　　かよ

　2. 家族は両親と兄と2人の姉と私の全部で6人です。父は食
　　ふたり ぜんぶ しょく
　　料品店を経営しており、兄はサラリーマンで、上の姉は結
　　りょうひんてん けいえい うえ けっ
　　婚しています。下の姉はOLです。
　　こん した オーエル

Q：1. 何人家族ですか？
　　なんにん

　2. (ご)家族は何人ですか？

21. 家人‧家庭狀況

Q：請談談您的家人。

A：我家有父母親和四位兄弟姊妹六個人。家父是公務員，家兄是公司的職員。家姊是小學老師，舍弟是政治大學的學生。

★相關問答

Q：1. 您家人是？

2. 你家中的成員是？

3. 您家是怎樣的一個家庭？

4. 府上情況如何？

A：1. 我家〔寒舍〕有祖母、父母親、弟弟、妹妹和我六個人。父親在某公司服務。弟弟目前在服兵役，妹妹上專科學校。

2. 家中有父母親、哥哥、兩位姊姊和我一共六個人。父親經營食品店，哥哥是上班族（salary man），大姊已婚，二姊是女事務員（office lady）。

Q：1. 府上有幾個人？

2. 您家有多少人？

A：6人家族です。両親と家内と子供が2人います。

Q：1．(ご)兄弟はいますか？

2．何人兄弟ですか？

A：1．2人の姉と弟がいます。

2．姉が2人と弟の4人兄弟です。

3．3人兄弟で私は2番目です。

4．3人姉妹で私は末っ子です。

5．兄弟はいません。私一人です。

6．一人っ子です。

メ　モ

★家族構成

1　⑤私の家族──⑥あなたのご家族

2　①祖父──②おじいさん〔②おじい様〕

3　①祖母──②おばあさん〔②おばあ様〕

4　①両親──②ご両親

5　②①父──②お父さん〔②お父様〕

6　①母──②お母さん〔②お母様〕

7　①兄弟──②ご兄弟

8　①姉妹──②ご姉妹

9　①兄──②お兄さん〔②お兄様〕

10　⓪姉──②お姉さん〔②お姉様〕

Ａ：有六個人。父母親、內人和兩個小孩。

Ｑ：1. 您有兄弟姊妹嗎？

2. 你有幾個兄弟姊妹？

Ａ：1. 我有兩個姊姊和一個弟弟。

2. 我有兩個姊姊和一個弟弟連我一共四個。

3. 我家有三個兄弟姊妹，我排行老二。

4. 我家是三姊妹，我是老么。

5. 我沒有兄弟姊妹。我是獨子。

6. 我是獨生子。

附　　記

★家族結構

1　我的家人──您的家人

2　祖父──令祖父

3　祖母──令祖母

4　雙親──令尊令堂

5　家父──令尊

6　家母──令堂

7　兄弟──令兄弟

8　姊妹──令姊妹

9　家兄──令兄

10　家姊──令姊

11 ④弟──◎弟さん
  おとうと

12 ④妹──◎妹さん
  いもうと

13 ①家内、①妻、①女房、①ワイフ、
  か ない つま にょうぼう

  ◎嫁さん、◎上さん ⎫──①奥さん、①奥様
  よめ   かみ   おく   さま

14 ①主人、①夫、①亭主、
  しゅじん おっと ていしゅ   ◎旦那さん、②ご主人（様）、
                        だん な
  ①ハズバンド、
                        ◎旦那様
  ⑤内の人、①ダーリン
  うち ひと

15 ◎子供、①子──◎子供さん、◎お子さん、◎お子様
  こ ども

16 ◎息子、◎倅──◎息子さん
  むす   せがれ

17 ③娘──◎娘さん、②お嬢さん、②お嬢様
  むすめ   じょう

18 ◎舅──◎お舅さん
  しゅうと

19 ◎姑──◎お姑さん
  しゅうと(め)

20 ②孫──◎お孫さん
  まご

21 ◎親戚、◎親類、
  しんせき るい   ⎫──◎ご親戚
  ◎身内
  みうち

22 ◎おじ（伯父、叔父）──◎おじさん

23 ◎おば（伯母、叔母）──◎おばさん

24 ◎おい（甥）──◎甥御さん
            おい ご

11 舍弟——令弟

12 舍妹——令妹

13 內人、妻子、老婆、太太（wife）、
新娘〔媳婦兒〕、老闆娘
——嫂夫人、尊夫人

14 外子、夫君、老公、
丈夫（husband）、
我先生、親愛的（darling）
——您先生、令夫君、令先生

15 小孩、兒子——您小孩、您兒子、您公子

16 犬子、犬兒——少爺〔公子〕

17 小女——千金、令千金、您家小姐

18 公公——您先生的尊翁

（注意：日文漢字的「舅」不是中文的「舅舅」之意）

19 婆婆——您先生的令堂

20 孫子——令孫

21 親戚、親族、
自家人
——令親戚

22 伯父、叔父——令伯父、令叔父

（註：姑丈、舅父、姨父亦包括在おじ中）

23 伯母、嬸嬸——令伯母、令嬸嬸

（註：姑媽、舅媽、姨媽亦包括在おば中）

24 姪兒、外甥——令姪兒、令外甥

（注意：日文中兄弟姊妹的兒子都是甥，而兄弟姊妹的女兒都
是姪）

25 ① めい（姪）────⓪ 姪御さん
　　　　　　　　　　　　　　めい ご

　　　　　　　　　従兄弟、従姉妹、
26 ② いとこ　　{ 従兄、従弟、従姉、従妹、 }────⓪ いとこさん
　　　　　　　　　従兄妹、従姉弟

27 ①③ 長男、① 長女────② ご長男、② ご長女
　　　　ちょうなん　　　じょ
28 ② 次男〔二男〕、② 次女〔二女〕
　　　じ　　　　じ　　　　じ
29 ③ 三男、① 三女
　　　さん
30 ⓪ 末っ子、③ 末娘
　　　すえ こ　　　むすめ
31 ⓪ 双子〔⓪ 二子、③ 双生児〕、③ 独りっ子〔③ 一人っ子〕
　　　ふたご　　ふたご　　そうせいじ　　　ひと こ　　　　ひとり

★関連表現

　Q：1．お父さんは何をなさっていますか？
　　　　とう　　　なに
　　　2．お父様は何をしていらっしゃいますか？
　　　　　さま
　　　3．お父さんは何をやっておられますか？

　　　4．お父さんは何をしていますか？

　　　5．お父さんのお仕事は（何ですか）？
　　　　　　　　しごと　　なん
　　　6．お父さんはどちらにお勤めですか？
　　　　　　　　　　　　つと
　　　7．お父さんはどんなお仕事をしていますか？

　　　8．お父さんは今どうしていますか？
　　　　　　　　　いま
　A：1．小学校の先生です。
　　　　しょうがっこう　せんせい
　　　2．小学校の先生をしています。

　　　3．中学〔高校〕の教師です。
　　　　ちゅうがく こうこう　きょうし
　　　4．中学〔高校〕で英語を教えています。
　　　　　　　　　　えいご　おし

—110—

25 姪女、外甥女——令姪女、令外甥女

26 堂〔表〕兄弟姊妹——令堂〔表〕兄弟姊妹

27 長子、長女——令長公子、令長女

28 次子、次女

29 三男、三女

30 么兒、么女

31 雙胞胎、獨生子

★相關問答

Q：1. 令尊做什麼事？

　　2. 令尊是做什麼的？

　　3. 令尊從事何種行業？

　　4. 令尊從事什麼？

　　5. 令尊的工作是（什麼）？

　　6. 令尊在哪裏高就？

　　7. 令尊從事什麼工作？

　　8. 令尊現在做什麼？

A：1. 家父是小學老師。

　　2. 家父當小學老師。

　　3. 家父是國中〔高中〕老師。

　　4. 家父在國中〔高中〕教英語。

5．大学(の)教授です。

6．(父は)会社員で、建設会社に勤めています。

7．(父は)公務員で、電話局に勤務しています。

8．(父は)自営業で、貿易関係の仕事をしています。

9．(父は)飲食店を経営しています。

10．(父は)食料品の小売業を営んでいます。

11．(父は)警察官です。

12．(父は)定年退職して家にいます。

メ　モ

★職種は巻末資料④（p. 342）を参照して下さい。

5. 家父是大學教授。

6. 家父是公司職員，在建設公司服務。

7. 家父是公務員，在電信局服務。

8. 家父是自營事業，從事有關貿易的工作。

9. 家父開餐館。

10.家父經營食品零售業。

11.家父是警察。

12.家父已屆齡退休在家賦閒。

附　　記

★職務種類，請參照卷末資料④（ P. 342 ）。

22. 結婚
けっ こん

Q：独身ですか？
どくしん

A：1．はい、そうです。

2．いいえ、結婚しています。

★関連表現

Q：未だ独身ですか？
ま

A：1．はい。恋愛よりも仕事優先で頑張っています。
れんあい しごとゆうせん がんば

2．はい。今は仕事が第一だと思っていますから。でも近い将来、
いま だいいち おも ちか しょうらい
いい人を見付けて結婚するつもりです。
ひと みつ

3．はい。フィアンセ〔婚約者〕がいますが、仕事が軌道に乗る
こんやくしゃ きどう の
まで結婚しないつもりです。

4．いいえ、結婚しています。もう子供が2人います。
こども ふたり

5．いいえ、結婚しています。でも未だ子供はありません。

22. 結　婚

Q：你單身嗎？

A：1. 是的。

2. 不，我已經結婚了。

★相關問答

Q：你還是單身嗎？

A：1. 是的，因為我認為努力工作比戀愛重要。

2. 是的，因為我認為現在是工作第一。不過在不久的將來，打算找個合適的對象結婚。

3. 是的，雖然我有未婚夫〔妻〕（ 法語 fiancé（e）），但在工作上軌道之前不打算結婚。

4. 不，我已經結婚了。有兩個小孩。

5. 不，我已經結婚了。不過還沒有小孩。

Q：結婚していますか？

A：1．はい。3年前に結婚しました。

2．はい。結婚して3年になります。

3．はい。子供も生まれ、父親としてハッスルしています。

4．いいえ、未だ結婚していません。もし、いい人がいましたらよろしくお願いします。

5．いいえ、未だ独身です。当分、結婚は考えておりません。仕事に専念するつもりです。

6．いいえ、独身です。フィアンセがおりますが、今は仕事を第一に考えております。

Q：你結婚了嗎？

A：1. 是的，我在三年前結婚了。

　　2. 是的，我結婚三年了。

　　3. 是的，小孩也生了，目前正以父親的身分拼命工作(hustle)。

　　4. 不，我還沒結婚。如果有好的對象，請介紹給我。

　　5. 不，我還是單身。目前沒有考慮結婚。打算全心投入工作。

　　6. 不，我單身。雖然有未婚夫〔妻〕，但目前我覺得工作第一。

Ｑ：1．子供さんはいますか？

2．お子さんがいらっしゃいますか？

3．お子さんは？

Ａ：1．はい。女の子（が）一人、男の子（が）一人います。

2．3歳の男の子と1歳の女の子がおります。

3．5歳と3歳の女の子がいます。

4．5歳と3歳で2人とも娘です。

5．小学校6年の息子を頭に3人おります。

6．未だおりません。経済的に余裕ができたら考えるつもりです。それまで仕事に専念します。

7．結婚したばかりで、子供は未だいません。今は仕事が第一ですから。

Q：1. 你有小孩嗎？

2. 您有小孩嗎？

3. 您小孩呢？

A：1. 有的，我有一個女孩、一個男孩。

2. 我有一個三歲大的男孩和一個一歲大的女孩。

3. 我有一個五歲和一個三歲的女孩。

4. 我有一個五歲和一個三歲的，兩個都女兒。

5. 我有三個小孩，長子小學六年級。

6. 我還沒有小孩。打算在經濟寬裕的時候才生小孩。在此之前，我要專心工作。

7. 我剛剛結婚，還沒有小孩。因為目前是工作第一。

23. 結婚後の進退
けっこん ご　　 しんたい

Q：結婚したら仕事はどうしますか？

A：好きな仕事なので、できたら長く続けたいと思います。

★関連表現

Q：1. 結婚後も仕事を続けますか？

　　2. 結婚した後も仕事をするつもりですか？

　　3. 結婚後も働くつもりですか？

A：1. はい。できれば結婚後もずっと仕事を続けたいと思ってお
　　　 ります。

　　2. 自分が好きで選んだ仕事ですから、結婚しても続けたいと
　　　 思います。

　　3. 仕事と家庭を両立させ、仕事を続けたいと思います。

　　4. 「女は結婚したら家事と育児に専念すべきだ」という考えも
　　　 ありますが、私は家族の理解を得て仕事を続けたいと思い
　　　 ます。

　　5. その時は、会社の方にもご意見を伺って、慎重に決めたい
　　　 と思います。

Q：結婚後、もしご主人に反対されたらどうしますか？

A：大丈夫です。私はそういう男性とは結婚しないつもりです。

23. 結婚後的去留

Q：你結婚後工作怎麼辦？

A：因為這是我喜歡的工作，如果可以的話，我想長期持續下去。

★相關問答

Q：1.你結婚後也繼續工作嗎？

2.你結婚後也打算工作嗎？

3.你結婚後也打算做事嗎？

A：1.是的，如果可以的話，我希望結婚後也一直繼續工作下去。

2.因為是自己喜歡所選的工作，所以即使結婚也想繼續做。

3.我想兼顧工作和家庭，繼續工作。

4.有人認為：「女人結了婚就應該專心於家事和育兒」，但我想獲得家人的諒解繼續工作。

5.到時候我想問問公司方面的意見再慎重決定。

Q：結婚後，如果您先生反對的話，你怎麼辦？

A：沒有問題。因為我不打算和這種男人結婚。

24. 給与
きゅう　よ

Q：給料はいくらぐらい希望しますか？
きゅうりょう　　　　　　　　　　きぼう

A：規定の額で十分です。
き てい　がく　じゅうぶん

★関連表現

Q：1. 月給はいくら欲しいですか？
げっきゅう　　　ほ

　　2. 初任給はいくらぐらいお望みですか？
しょにんきゅう　　　　　　　　のぞ

　　3. 月収はいくらぐらいがいいですか？
げっしゅう

　　4. ご希望の給与はどのぐらいですか？

A：1. こちらの規定に従います。
しだが

　　2. 希望としては手取りで１万５千元ほどいただけたらと思い
きぼう　　　　　て ど　　いちまん ご せんげん　　　　　　　　　おも
　　　ますが、会社の規定に従います。
かいしゃ

　　3. 家族がいるので手取り３万元ほどを希望しておりますが、
か ぞく　　　　　　　て ど　　さん
　　　会社にお任せします。
まか

　　4. 恐れ入りますが、私の経験と年齢ではいくらぐらいいただ
おそ い　　　　　　　　けいけん　ねんれい
　　　けるんでしょうか？　できれば詳しくお聞きしたいんです
くわ　　　き
　　　が。

　　5. 前の会社では税込みで３万5000元もらっていました。恐れ
まえ　　　　　ぜいこ　　　さん　ご せん
　　　入りますが、こちらの会社では如何でしょうか？
いか が

　　　〔元＝げん、エン〕

—122—

24. 薪　　水

Q：薪水你希望大約多少？

A：按照公司的規定就可以了。

★相關問答

Q：1. 月薪你想要多少？

　　2. 起薪您希望大約多少？

　　3. 月入多少你才可以接受？

　　4. 您希望的薪水大約多少？

A：1. 我想按照公司的規定。

　　2. 我希望實領一萬五千元左右，但還是按照公司規定。

　　3. 我有家庭，所以希望實領三萬元左右，但還是由公司來決
　　　　定。

　　4. 不好意思，依我的經驗和年齡大約可以拿多少呢？如果可以
　　　　的話，願聞其詳。

　　5. 以前的公司含稅在內領了三萬五千元。不好意思，不知貴公
　　　　司的情形如何？

Q：当社の賃金があなたの希望額に満たない場合、どうしますか？

A：1. かまいません。私のやりたい仕事ですから、お金は二の次
　　　だと思っています。

　　2. 提示された額を見た上で、もう一度考えてから決めるつも
　　　りです。

Q：もし当社の給料が少ない場合、入社しますか？

A：1. はい、入社します。私はこの仕事が好きなので精一杯頑張り、
　　　実績によってベースアップしてもらえるよう努力するつも
　　　りです。

　　2. たいへん残念ですが、入社を断念します。

Q：如果本公司的工資不能滿足你的期望，你怎麼辦？

A：1. 沒關係。因為這是我想做的工作，所以金錢是次要的。

2. 我打算看過貴公司提示的金額之後再考慮作決定。

Q：假使本公司的薪水不多，你要進來嗎？

A：1. 是的，我仍然要進貴公司。由於我喜歡這份工作，定當盡最大努力，以實際的成績來請求加薪（base up）。

2. 很可惜，我放棄進入貴公司。

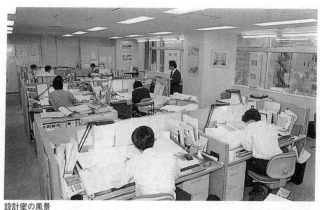

設計室の風景

25. 待遇
たい　ぐう

Q：当社の給与、待遇などについてご質問がありますか？
　とうしゃ　きゅうよ　　　　　　　　　　　　　しつもん

A：1. ありません。すべて会社の規定に従います。
　　　　　　　　　　　かいしゃ　きてい　したが

　　2. はい。ちょっとお伺いしたいんですが……住宅手当な
　　　　　　　　　　　うかが　　　　　　　　　　じゅうたく　て あて

　　どは支給されるんでしょうか？
　　　　　しきゅう

★関連表現

Q：1. 給料や諸手当などで知りたいことがありますか？
　　　きゅうりょう　しょ　　　　　　し

　　2. 給与、待遇面で何か聞きたいことがありますか？
　　　　　　　　　めん　なに　き

A：1. 特にありません。私には十分だと思っています。
　　　とく　　　　　　　　　　じゅうぶん　　おも

　　2. はい。ちょっとお聞きしたいんですが、「職務手当」という
　　　　　　　　　き　　　　　　　　　　　　しょく む

　　のは何でしょうか？
　　　　なん

　　3. はい。昨年度のボーナスの実績についてお伺いしたいんで
　　　　　　さくねん ど　　　　　　　じっせき

　　すが、よろしいでしょうか？

　　4. はい。残業のことでちょっとお伺いしたいんですが、週に
　　　　　　ざんぎょう　　　　　　　　　　　　　　　しゅう

　　何時間ぐらいあるでしょうか？
　　なんじ かん

　　5. はい。ボーナスは年にだいたいどのぐらい出るんでしょう
　　　　　　　　　　ねん　　　　　　　　　　　で

　　か？

　　6. 「特別休暇」のことについて、ちょっとお伺いしてもよろし
　　　　とくべつきゅう か

　　いでしょうか？

25. 待　　遇

Q：關於本公司的薪水、待遇等你有疑問嗎？

A：1. 沒有，一切按照公司的規定。

2. 有的，請問一下……有沒有發給房屋津貼等？

★相關問答

Q：1. 薪水、各種津貼等你有沒有想知道的？

2. 在薪水、待遇方面你有沒有想問的？

A：1. 沒有什麼特別的問題。我想夠了。

2. 有的，我想請問一下，「職務津貼」是什麼？

3. 有的，我想請問去年度年終獎金（bonus）的實際情形？

4. 有的，我想請問一下加班，一個禮拜大約有幾個小時？

5. 有的，年終獎金，一年大概發多少？

6. 我可以請教一下有關「特別休假」的事情嗎？

アドバイス☞

1. 「残業（は）ありますか？」という聞き方は「この人は残業が嫌なんだな」という印象を与えてしまうので要注意！こういう場合はA－4のような聞き方の方が面接官に対する当たりが柔らかくていいと思います。

2. ボーナス〔賞与〕は、その年の会社の営業成績で決まるので、A－3のように「実績」を質問した方が賢明です。また、受験者にとってこれは重要なポイントですから必ず聞いておきましょう。

3. 休日や休暇、お金のことをいきなり具体的に言い出すと、「仕事より休みやお金を優先している」と思われやすいので、仕事の内容の質問が終ってから質問した方がいいでしょう。その際は「ちょっとお伺いしたいんですが…」とソフトに切り出すと面接官の心証がいいと思います。

メ　モ

★いろいろな手当〔諸手当〕

1 ⑤残業手当	5 ④食事手当	9 ⑤特別手当
2 ④職務手当	6 ④家族手当	10 ⑤通勤手当
3 ⑤役職手当	7 ⑤住宅手当	11 ⑤年末手当
4 ⑤皆勤手当	8 ⑤外勤手当	12 ④技術手当

建　議：

1　請注意，「有沒有加班？」這種問法，會給人一種「這個人討厭加班」的印象。在這種情況下，像Ａ—４的問法則是給面試主考員一種比較委婉的說法。

2　年終獎金是以該年公司的營業成績來決定的，所以最好以Ａ—３的方式詢問「業績」。又，對應徵者而言，這是重要的一點（point），務必事先詢問之。

3　如果突然具體地提出假日、休假、金錢的事，容易被人認為「這個人重視休假、金錢甚於工作」，所以最好等到工作內容的詢問結束後再提出。此時若以「我想請問一下…」的方式委婉地（soft）提出，則給面試主考員一種良好的印象。

附　記

★各種津貼〔各種加給〕

1　加班津貼	5　伙食津貼	9　特別津貼
2　職務津貼	6　眷屬津貼	10　交通津貼
3　職位津貼	7　房屋津貼	11　年終津貼
4　全勤津貼	8　外勤津貼	12　技術津貼

26. 残業
ざん ぎょう

Q：残業(が)できますか？

A：はい、できます。問題ありません。
もんだい

★関連表現

Q：残業が必要な場合、お願いできますか？
ひつよう ば あい ねが

A：はい、大丈夫です。私用より職務優先ですから。
だいじょうぶ し よう しょく む ゆうせん

Q：仕事の関係で残業がありますが、かまいませんか？
し ごと かんけい

A：はい、かまいません。充分心得ておりますし、好きな仕事です
じゅうぶんこころ え す

から。

Q：職業柄残業が多いですが、いかがですか？
しょくぎょうがら おお

A：全く問題ありません。その辺は十分承知しております。自分で
まった へん じゅうぶんしょう ち じ ぶん

選んだ職業ですから。
えら

Q：残業をどう思いますか？
おも

A：仕事上、心要な場合が多いと思いますし、私は社会人としての
じょう しゃかいじん

自覚と責任を持って、残業をこなしたいと思います。
じ かく せきにん も

26. 加 班

Q：你可以加班嗎？

A：可以，沒有問題。

★相關問答

Q：如果必須加班，你能夠配合嗎？

A：可以，沒問題。因為我是職務優於私事的。

Q：由於工作的關係要你加班，沒關係嗎？

A：是的，沒關係。因為我已充分理解，而且這又是我喜歡的工作。

Q：由於工作性質上經常要加班，你認為如何？

A：完全沒有問題。那種情形我已完全瞭解。因為是自己所選的工作。

Q：你對加班的看法如何？

A：我認為工作上必須加班的情形很多，因此我想以一個社會人的自覺和責任來做好加班。

Q：残業についてどんな考えをお持ちですか？

A：業務が支障なく行なわれるために、私は会社組織の一員として、職業意識を持って残業をこなしたいと思っています。

アドバイス☞残業に関する質問で、面接官は応募者の仕事に対する姿勢、意欲、そして会社への貢献度を見ています。面接試験突破が第一であるあなたは「被雇用者」、「企業の一員」としての立場と自覚を忘れてはなりません。実際に就職してみれば、残業が必要かどうか事前に見当がつきます。それに職業意識が強くなるにつれて、残業に対する観念も変わり、上手に残業を避ける理由も見付かるものです。残業に対しては、ハッキリと積極的な答え方をしましょう！否定的な答え方や消極的な態度はタブーです！

Q：關於加班，您有何看法？

A：為使業務順利進行，我想以公司組織的一份子，秉持職業意識來做好加班。

建　議：從加班的詢問上，面試主考員可看出應徵者對工作的態度、意願、以及對公司的貢獻程度。以通過面試為第一目標的你，不可忘記作為「被雇用者」、「企業一員」的立場和自覺。事實上一旦就業，是不是需要加班事先就心理有數。而隨著職業意識的增強，對加班的觀念也變了，並可找到巧妙迴避加班的理由。因此，對於加班要作明確、積極的回答。禁諱否定的回答或消極的態度。

27. 通　勤
つう　　きん

Q：何で通勤しますか？
　　なん

A：バスで通勤します。

★関連表現

Q：1．どうやって通勤しますか？

　　2．通勤はどうしますか？

　　3．通勤は何を利用しますか？
　　　　　　　　なに　りよう

　　4．(会社までの)通勤方法は？
　　　　かいしゃ　　　　ほうほう

A：1．スクーターで通勤します。

　　2．車で通勤します。
　　　　くるま

　　3．オートバイを利用します。

　　4．電車とバスを利用します。
　　　　でんしゃ

Q：(会社まで)何で通いますか？
　　　　　　　なん　かよ

A：バイクで通います。

Q：会社へは何で来ますか？
　　　　　なん　き

A：自家用車〔車〕で来ます。
　　じ　か　ようしゃ　くるま

27. 上　班

Q：你用什麼交通工具上班？

A：我搭公車（bus）上班。

★相關問答

Q：1.你是怎麼上班的？

　　2.你怎麼上班呢？

　　3.你上班利用什麼交通工具呢？

　　4.你（到公司的）上班方法是？

A：1.我騎速克達機車（scooter）上班。

　　2.我開車上班。

　　3.我利用摩托車（auto bicycle）。

　　4.我利用電車和公車。

Q：你用什麼交通工具（到公司）上下班的？

A：我騎輕型機車（bike）上下班。

Q：你用什麼交通工具來公司的？

A：我開自用車〔車子〕來的。

Q：自宅通勤ですか？
　　じたくつうきん

A：1．はい、そうです。

　　2．いいえ、アパートから通勤します。

　　3．いいえ、親戚の家から通います。
　　　　　　しんせき　いえ　　かよ

メ　モ

★各種交通機関
　かくしゅこうつう　き　かん

1　①バス	13　④普通列車、⓪鈍行 　　ふつうれっしゃ　　どんこう
2　③オートバイ	14　⑤急行列車 　　きゅうこう
3　①バイク	15　⑤特急列車 　　とっ
4　②スクーター	16　⓪①電車 　　でんしゃ
5　③自家用車、③マイカー 　　じかようしゃ	17　②汽車、①⓪列車 　　き
	18　②⓪自転車 　　じてん
6　⓪車 　　くるま	19　①タクシー
7　④市内〔⑤近郊〕バス 　　しない　　きんこう	20　⓪地下鉄 　　ちかてつ
8　④市営バス 　　えい	21　③モノレール
9　⑤長距離バス 　　ちょうきょり	22　⑧リニアモーターカー
10　③冷房車、⑤エアコン・バス 　　れいぼうしゃ	23　②飛行機〔③航空機〕 　　ひこうき　　こうくう
	24　①船、①船舶 　　ふね　　せんぱく
11　⑤ワンマン・バス	25　①フェリー
12　⓪鉄道 　　てつどう	26　③ヘリコプター

Q：你是從自己家裏來上班的嗎？

A：1. 是的。

2. 不，我是從租住的公寓來上班的。

3. 不，我是從親戚家來上班的。

附　記

★各種交通工具

1　公車

2　重型機車，摩托車

3　輕型機車

4　速克達機車

5　自用車、私家轎車

　　（ 日製英語 my car ）

6　車子

7　市內〔郊區〕公車

8　市公車

9　長途巴士

10　冷氣車、空調巴士（ air conditioner bus ）

11　一人服務車(one-man bus)

12　鐵路

13　普通車、慢車

14　平快車

15　特快車

16　電車

17　火車、列車

18　自行車，腳踏車

19　計程車

20　地（下）鐵

21　單軌電車（ monorail ）

22　磁浮列車（ linear-motor car ）

23　飛機

24　船、船舶

25　渡輪（ ferry ＝ ferryboat ）

26　直昇機（ helicopter ）

28. 通勤時間
つうきんじかん

Q：(お)家から会社までどのくらいかかりますか？
　　うち　かいしゃ
A：バスで３０分ぐらいです。
　　　　さんじっぷん

★関連表現

Q：お宅〔お住まい、自宅〕から会社まで何分ぐらいですか？
　　たく　す　　じたく　　　　　　なんぷん
A：車で１５分ほどです。
　　くるま　じゅうごふん

Q：通勤時間はどのぐらいですか？

A：バイクで約２０分かかります。
　　　　　やくにじっぷん

Q：通勤にどのぐらいかかりますか？

A：バスでだいたい４０分です。
　　　　　　　　よんじっぷん

　〔くらい＝ぐらい〕

メ　モ

★所要時間
　しょようじかん

① ５分、① 10分、③ １５分、② ２０分、④ ２５分、③ ３０分
　 ごふん　　じっぷん　　じゅうごふん　にじっぷん　にじゅうごふん　さんじっぷん

⑤ ３５分、③ ４０分、⑤ ４５分、② ５０分、④ ５５分
　 さんじゅうごふん よんじっぷん よんじゅうごふん ごじっぷん ごじゅうごふん

③ 一時間、⑥ 一時間半、② 二時間、③ 三時間、② 四時間
　 いち　　　　はん　　　　に　　　　さん　　　　　よ

—140—

28. 上班時間

Q：從您家到公司大約需要多久時間？

A：搭公車大約三十分鐘。

★相關問答

Q：從府上〔您住的地方，自己的家〕到公司大約幾分鐘？

A：開車十五分鐘左右。

Q：你到公司上班的時間大約多久？

A：騎機車大約二十分鐘。

Q：你到公司上班大約需要多久時間？

A：搭公車大約四十分鐘。

附　記

★所需時間

五分鐘、十分鐘、十五分鐘、二十分鐘、二十五分鐘、三十分鐘

三十五分鐘、四十分鐘、四十五分鐘、五十分鐘、五十五分鐘

一小時、一小時半、兩小時、三小時、四小時

29. 勤務地
きんむち

Q：勤務地について特に希望がありますか？
とく　きぼう

A：1. 特にありません。どの勤務地でも精一杯頑張ります。
せいいっぱいがんば

2. はい。できれば頂好支店を希望します。厳しい現場で
ディンハオしてん　　きび　げんば

経験を積みたいと思っています。
けいけん　つ　　おも

★関連表現

Q：勤務地はどこがいいですか？

A：できれば高雄支店を希望します。私の出身地なので、人一倍頑
たかお　　　　　しゅっしんち　　　　ひといちばい

張るつもりです。

Q：どちらの支店で働きたいですか？
はたら

A：できれば、台中支店で働きたいと思っています。自宅通勤がで
たいちゅう　　　　　　　　　　じたくつうきん

きて、仕事に専念できるからです。
しごと　せんねん

Q：どこの営業所に勤めたいですか？
えいぎょうしょ　つと

A：希望としては天母の営業所に勤めたいと思っています。ライバ
テンム

ル会社が多く、働き甲斐があるからです。
がいしゃ　おお　　　はたら　がい

29. 上班地點

Q：關於上班地點你有沒有特別希望的？

A：1. 沒有。不管任何上班地點我都會盡心盡力。

2. 有的，可以的話，我希望在頂好分行。我想在嚴格的現場累積經驗。

★相關問答

Q：上班地點你哪裏比較好？

A：如果可以的話，我希望在高雄分行。因為那是我的故鄉，我打算比別人加倍努力。

Q：你想在哪個分行工作？

A：如果可以的話，我想在台中分行工作。因為可以從自己家裏上班，能夠專心工作。

Q：你想在哪個營業處上班？

A：我希望在天母的營業處上班。因為競爭（rival）公司多，具有工作的價值。

Ｑ：どこの支店に勤務したいですか？

Ａ：差し支えなければ、板橋支店に勤務したいと思っております。

　　通勤に便利で、残業も安心してできるからです。

　　アドバイス☞特に自分の希望を述べる場合は、自己本位のプライベー

　　　　　　トな理由は通じません。積極的な理由付けなどのプラ

　　　　　　スαが必要です。

メ　モ

　　★地名の資料（P.16・18）を参照して下さい。

Q：你想在哪個分行工作？

A：如果無妨的話，我想在板橋分行工作。因為上下班方便，加班也可放心。

建　議：特別陳述自己的希望時，自我本位的私人（private）理由是行不通的。需要再加一些（plus alpha）積極的理由等。

附　記

★請參照地名的資料（P.16‧18）。

30. 転勤・赴任・派遣
てんきん　ふにん　はけん

Q：会社の事情で転勤、または赴任してもらうかもしれません
かいしゃ　じじょう
がいいですか？

A：はい、かまいません。喜んでお受けします。
よろこ　　う

★関連表現

Q：入社後、1年間地方勤務になると思いますが、かまいませんか？
にゅうしゃご　いちねんかんちほうきんむ　　おも
A：はい、かまいません。喜んでお受けし、そこで経験を積みたい
けいけん　つ
と思います。

Q：地方の営業所か支店に配属される可能性がありますが、如何で
えいぎょうしょ　してん　はいぞく　　　かのうせい　　　　いかが
しょうか？
A：喜んでいきます。この仕事ができるなら、どこでもかまいません。
しごと

Q：仕事の都合上、海外勤務も考えられますが、どうでしょうか？
つごうじょう　かいがい　　かんが
A：喜んで行かせていただきます。海外勤務は私の希望するところ
い　　　　　　　　　　　　　　きぼう
ですし、どこでも精一杯やります。
せいいっぱい

30. 調職・上任・派遣

> Q：說不定因公司的狀況要你調職或上任，你願意嗎？
>
> A：沒有關係。我欣然接受。

★相關問答

Q：你進入公司後，我想會有一年在地方工作，沒有關係嗎？

A：沒有關係。我欣然接受，我想在那裏累積經驗。

Q：你有可能被分配到地方的營業處或分行，你認為如何？

A：我很樂意去。要是能夠做這份工作，任何地方都沒有關係。

Q：由於工作的關係，也有可能到國外工作，你覺得如何？

A：我很樂意去。因為到國外工作是我的希望，不管在哪裏我都會盡心盡力的。

Q：仕事の関係で海外赴任や単身赴任もあり得ると思いますが、大
丈夫でしょうか？

A：1．はい、大丈夫です。進んで会社の方針に従います。（健康と
体力には自信があります。）

2．家族のこともあり、今即答はできませんが、会社の意向に
添えるよう努力します。

アドバイス☞この種の質問は「残業」と同様、企業の雇用原則に大
きく関わっています。先ず、「YES」と答えた上で、
積極的な意思表示をしましょう！「覚悟しています」
「仕方ありません」などという消極的な「YES」も
「NO」と見られがちでたいへん不利です！

メ　モ

1　⑤海外勤務

2　⑤⓪単身赴任

3　⓪出向

4　⓪派遣

5　⑥海外出張

6　⑤海外赴任

7　①⑤海外駐在

Q：由於工作的關係有可能要你到國外上任或單獨上任，沒有問題
　　嗎？

A：1.沒有問題。我會積極地遵照公司的方針。（我對健康、體力
　　　有信心。）

　　2.我有家庭，現在無法立即答覆，但我會努力去配合公司的意
　　　思。

建　　議：這類的問題和「加班」一樣，攸關企業的雇用原則。首先，
　　　　　在回答「ＹＥＳ」之後，要作積極性的意思表示。「我已覺
　　　　　悟」「沒有辦法，只好這樣」等消極性的「ＹＥＳ」則容易
　　　　　被當作是「ＮＯ」，這是非常不利的。

附　　記

　　1 國外工作
　　2 單獨上任
　　3 外調
　　4 派遣
　　5 國外出差
　　6 國外上任
　　7 駐在國外

31. 自己ＰＲ・自己紹介
じ こ ピーアール しょうかい

Q：簡単に自己紹介してください。
かんたん

A：かしこまりました。陳文龍と申します。23歳で台南出身です。
チェンウェンロン
ちんぶんりゅう もう さい タイナンしゅっしん

現在、東呉大学日本語学科の４年生で、近代文学を専攻し
げんざい とうごだいがく にほんごがっか よねんせい きんだいぶんがく せんこう

ています。３人兄弟の末っ子で、❶甘えん坊の❷おっちょ
さんにんきょうだい すえ こ あま ぼう

こちょいですが、負けず嫌いで何でも熱中するタイプです。
ま ぎら なん ねっちゅう

❸チャレンジ精神が旺盛で、失敗しても挫けない「❹七転
せいしん おうせい しっぱい くじ ななころ

び八起き」が私の❺モットーです。趣味はいろいろありま
や お わたし しゅみ

すが、特にバスケットボールと映画です。高校時代からバ
とく えいが こうこうじだい

スケットボールの校内代表選手として各種大会に出場し、
こうないだいひょうせんしゅ かくしゅたいかい しゅつじょう

優勝にも貢献したこともあり、❻チームワークと❼根性に
ゆうしょう こうけん こんじょう

は自信があります。特技は❽物真似と曲芸です。ブルース・
じしん とくぎ ものまね きょくげい

リーやジャッキー・チェン等の真似が得意です。私の夢は
など とくい ゆめ

❾新進気鋭の国際的ビジネスマンとして第一線で活躍する
しんしんきえい こくさいてき だいいっせん かつやく

ことです。一生懸命頑張りますのでどうぞよろしくお願い
いっしょうけんめいがんば ねが

します。

31. 自我宣傳・自我介紹

Q：請簡單作個自我介紹。

A：好的。我叫陳文龍。二十三歲，台南人。現在是東吳大學日文系四年級的學生，主修近代文學。有三個兄弟姊妹，排行老么。雖然是個❶被寵壞、❷心浮氣躁的人，但卻是不服輸、凡事熱中的代表（type）。❸挑戰精神旺盛，失敗也不灰心的「❹百折不撓」是我的❺座右銘。興趣有許多，尤其是籃球和電影。從高中時代起就當籃球的校隊選手，參加各種比賽，也贏過冠軍，對❻團隊協調和❼毅力有信心。特殊技能是❽模仿和雜技。擅長模仿李小龍或成龍等。我的夢想是當個❾年輕有幹勁之國際性的商人（businessman）而活躍於第一線。我將竭盡全力而為，請多多指教。

メ　モ

❶ ⓪甘えん坊——〔名〕　依頼心が強くて、わがままに育っている人。

❷ ⑤おっちょこちょい——〔形動・名〕　不注意に行動して、よく失敗する様子、その人。

❸ ⑤チャレンジ精神——〔名〕　失敗を恐れずに、又たとえ有利な状況でも常に相手や物事に挑戦しようとする積極的な態度、意志。

❹ ⑥七転び八起き——〔諺〕　たとえ七回転んでも八回起き上がる意で、何度失敗しても失望、挫折しないで目的達成の為に頑張って努力する様子。

❺ ①モットー ———〔名〕（生活）信条、標語、座右の銘。

❻ ④チームワーク——〔名〕　チーム内の団結、連係、連帯、協調性のこと。
　　例：あのグループはチームワークがいい。

附　記

❶被寵壞的小孩──〔名詞〕　依賴心強、任性的人。

❷心浮氣躁的（人）──〔形容動詞・名詞〕　行為不謹慎、經常失敗的樣子或人。

❸挑戰（challenge）精神──〔名詞〕　不怕失敗，又即使處於有利的狀況也經常想向對手或事物挑戰之一種積極性的態度、意志。

❹百折不撓──〔諺語〕　指即使跌倒七次也要爬起來八次的意思，引伸為不管失敗多少次也不失望、氣餒，為達成目的而奮鬥努力的樣子。

❺motto ──〔名詞〕（生活）信條、標語、座右銘。

❻團隊協調（team work）──〔名詞〕　團隊內的團結、聯繫、連帶、協調。
例：那一組人（group）的團隊默契很好。

❼ ①根性──〔名〕　Ａ：苦痛や困難に耐え、目的を達成しよう
とする強い気力、精神力のこと。

　Ｂ：本来の性質（良くない方面に使うことが多い）

　例：役人根性、島国根性

❽ ⓪物真似──〔名〕　人や動物の声や動作、又は物音などを模
倣すること。特に俳優、歌手、有名人などの動作や声を模倣す
ること。又はその芸。

　例：陳さんは社長の物真似が上手だ。

❾ ⓪⑤新進気鋭──〔名〕　ある分野に新しく登場し、とても才
能と活力に富んでいる様子。

　例：新進気鋭の作家

❼毅力；原來的性格──〔名詞〕　Ａ：忍受痛苦、困難，以達成目的
之堅強的魄力、精神。

Ｂ：原來的性格（多用於不好的方面）

例：官僚習氣、島國根性

❽模仿──〔名詞〕　模仿人或動物的聲音、動作，或是物體的聲音
等。特別是模仿演員、歌星、名人等的動作、聲音，或是其才藝。

例：陳先生〔小姐〕擅長模仿總經理。

❾新銳──〔名詞〕　新進某種領域，極富於才能和活力的樣子。

例：新銳作家

★関連表現

Q：ちょっと自己紹介をお願いします。

A：はい。李梅芬と申します。１９６５年３月１日、台北市で

生まれました。両親と兄、姉、弟、そして私の６人家族です。

父と母は食堂を経営しています。兄は台北市役所に勤めていま

す。姉は馬階病院の看護婦で、弟は淡江大学の３年生です。

私は台北商業専門学校を卒業後、ずっと家事を手伝っておりま

す。そのかたわら、以前から好きな日本語が生かせる仕事に就

きたいと思い、東呉大学の日本語センターで勉強を続けてきま

した。私の趣味は日本語のほかに、料理、生け花、そしてディ

スコです。中でも料理が得意で、十八番はカレーと卵料理です。

せっかちで運動音痴が玉にキズですが、辛抱強くてとても外向

的な性格なので、接客等には自信があります。友達はたくさん

いますが、未だ恋人はいません。どうぞよろしくお願いします。

Q：請稍微作個自我介紹。

A：好的。我叫李梅芬。一九六五年三月一日出生於台北市。家有父母、哥哥、姊姊、弟弟和我六個人。父母經營餐館。哥哥在台北市政府上班。姊姊是馬偕醫院的護士，弟弟是淡江大學三年級的學生。我於台北商專畢業後，就一直幫忙家事。另一方面，我從以前就喜歡日語，希望從事於活用日語的工作，而在東吳大學的日語推廣班繼續學習。我的興趣除了日語之外，還有烹飪、插花以及迪斯可（ 法語 discotheque ）。其中以烹飪為擅長，最拿手的是咖哩菜（ curry ）和蛋料理。個性急躁、不善於運動是美中不足的地方，但由於耐力強、極為外向的個性，使我對接待客戶等有自信。朋友雖多，但還沒有男朋友。請多多指教。

Q：自己紹介を（簡単に）どうぞ。

A：はい。私は江長河と申します。「コウ」はさんずいに「エ」、揚子江の「コウ」です。8年前に中国文化大学を卒業、出版社に入社しました。現在は食品会社に勤めております。私は33歳で、花蓮の出身です。家内と6歳の娘と3歳の息子の4人暮らしで、天母に住んでいます。趣味は麻雀、水泳、バドミントンです。今、ある塾で日本語を勉強中ですが、早くマスターして今後は日本語関係の仕事をしたいと思っております。

私は几帳面な性格で、何事も最後までやらないと気が済まない方です。学生時代は水泳とバドミントンクラブで鍛えたので、体力には自信があります。また、大学3年の時、校内日本語弁論大会で1位になりました。

もしこちらで働くことができましたら、これまでの販売・営業経験を生かして仕事に専念し、会社の発展に貢献したいと願っております。どうぞ、よろしくお願い申し上げます。

Q：請（簡單地）自我介紹。

A：好的。我叫江長河。「江」是三點水再一個工，揚子江的
「江」。八年前從中國文化大學畢業後，到出版社工作。現在
服務於食品公司。三十三歲，花蓮人。家住天母，和內人、六
歲的女兒、三歲的兒子共四個人一同生活。興趣是麻將、游
泳、羽毛球。目前在某家補習班學日語，希望早日學好
（master）日語，今後從事與日語有關的工作。

我的個性嚴謹，任何事情不貫徹到底心裏便不舒暢。學生時代
在游泳社和羽毛球社鍛鍊過，所以對體力有信心。另外，大三
的時候，曾在校內日語演講比賽中獲得第一名。如果能夠在貴
公司服務的話，定將充分發揮以前的銷售與營業經驗，專心工
作，而對公司的發展作出貢獻。敬請多多指教。

アドバイス☞自己ＰＲには演出が大切！

無味乾燥で❶ワンパターンな自己紹介にサヨナラして、面接官を魅了し、唸らせるような個性的で意欲的な自己ＰＲを演出しましょう！

★チェックポイント

1．たとえあなたが何の資格や特技がなくても、自主性はどうか、協調性は、創造性は、忍耐力は――等、もう一度自己点検してみましょう。

たとえば、クラブ、サークル、学生活動等、あるいはそれ以外に何か学生時代に熱中したことを思い出しながら。それから、あなたが転職者なら、営業・販売成績・社内受賞歴等、職歴を通じて得たものを多少にかかわらず書いて職務経歴書として履歴書とは別に提出しましょう！　あなたの強力な自己ＰＲの武器となるでしょう！

2．志望する職種に対応した自己ＰＲをしましょう！

たとえば――

A．企画・営業的職種には――行動力、❷バイタリティー、❸ファイト、情熱、体力、根性〔❹ガッツ〕、創造性、フロンティア精神等の積極性を。

建　　議：自我宣傳的表達是重要的。

要脫離索然無味、❶單調的自我介紹，而表現出有個性的、積極性的自我宣傳，像是讓面試主考員著迷、喝彩一樣。

★注意要點（checkpoint）

1. 即使你沒有任何資格或特殊技能，也要再一次自我檢討一下自主性、協調性、創造性、忍耐力等。

例如：回憶一下社團、同好會、學生活動等，或是學生時代其他某些所熱中的事務。此外，你若是要換工作的人，則將營業•銷售成績、公司內得獎經歷等職務經歷，不管多少都沒關係，寫成別於履歷表的職務經歷表提出。這將成為你自我宣傳的強力武器。

2. 要配合應徵的職務作自我宣傳。

例如：

A. 企劃•營業性的職務──宣傳自己的行動力、❷活力、❸鬥志、熱情、體力、毅力〔❹魄力〕、創造性、拓荒（frontier）精神等積極性的一面。

B. 接客・販売・サービス関係職には──明朗活発、容姿端麗、気配り、繊細、親切、臨機応変、そして笑顔、清潔感等の明るさを。

C. 事務的職種〔オフィスワーク〕には──字がきれい、真面目、几帳面、丁寧、忠実、実直、慎重など勤勉さを。

D. 専門的・技術的職種には──資格、能力、知識、経験、根気、パイオニア精神など実質的な面を。

E. 管理的職種には──リーダーシップ、決断力、責任感、信頼感、包容力、経営能力〔マネージメント〕等を強くPRします。

3. 趣味、性格、ライフスタイルなどの面から、自己のセールス・ポイントを短所、欠点をも含め客観的にアピールします。

4. 意欲的な自己PRには多少の「誇張」「誇大広告」は付き物ですが、アピールする内容と態度に自己矛盾がないように気を付けます。例えば、明朗活発な性格と称しながら小声でボソボソ話すようなことはしません。大事なことは、志望する職種に関して実力以上の専門的知識を日頃から養い、アピールする内容を十分に把握しておくことです。

B. 接待、銷售、服務方面的職務——宣傳自己的明朗活潑、容貌端正、面面俱到、細心、親切、隨機應變以及笑容、清潔等開朗的一面。

C. 事務性的職務〔辦公室的工作：office work〕——宣傳自己的筆跡工整、認真、嚴謹、仔細、忠實、坦率、慎重等勤勉的一面。

D. 專門性、技術性的職務——宣傳自己的資格、能力、知識、經驗、毅力、開拓者（pioneer）精神等實質性的一面。

E. 管理性的職務——極力宣傳自己的領導能力、果斷力、責任感、信賴感、包容力、經營〔管理〕能力（management）等。

3. 從興趣、性格、生活方式（life style）等方面，將自己的特色（sales point），亦含短處、缺點，作一客觀性的宣傳。

4. 積極性的自我宣傳，多少會帶有「誇張」「誇大廣告」的味道，因此要注意宣傳的內容和態度不可自相矛盾。例如：不要自稱是明朗活潑的個性卻又嘰嘰喳喳小聲說話。重要的是，對於應徵的職務要從平常就培養超實力的專業知識，充分掌握宣傳的內容。

5. 優れた自己ＰＲは個性的、かつ客観的で誠意と情熱が自然に相
手に伝わるものです。
そして爽やかな笑顔も忘れずに！

メ　モ

❶ ④ワンパターン〔形動〕── 単調で変化が無い様子。

例：ワンパターンな生活を送る。

❷ ③バイタリティー〔名〕── 生命力、活力。
例：Ａさんはバイタリティーに溢れている。

❸ ⑩ファイト〔名〕── 闘志、戦意。
例：あのボクサーはファイトがある。

❹ ①ガッツ〔名〕── 気力、根性、強い意志。
例：ガッツで頑張ろう！

5. 優越的自我宣傳就是有個性的而且客觀的，誠意與熱情自然地傳給對方。

另外，也不要忘記爽朗的笑容。

附　記

❶單一模式的（ 日製英語 one pattern ）〔形容動詞〕──單調、沒有變化的樣子。

例：過單調無變化的生活。

❷vitality〔名詞〕──生命力、活力。

例：A先生充滿活力。

❸fight〔名詞〕──鬥志、戰意。

例：那個拳擊手（ boxer ）充滿鬥志。

❹guts〔名詞〕──魄力、毅力、強烈的意志。

例：以堅強的意志努力吧！

32. 抱負・夢・人生観
ほうふ　ゆめ　じんせいかん

Q：入社後の抱負を聞かせてください。
にゅうしゃご　き

A：はい。早く仕事をマスターして、会社の発展に貢献できる
はや　しごと　かいしゃ　はってん　こうけん

ような社員になりたいと思っています。
しゃいん　おも

★関連表現

Q：あなたの夢は何ですか？
なん

A：1. 一生懸命仕事をして、お金を貯め、両親と一緒に世界一周
いっしょうけんめい　かね　た　りょうしん　いっしょ　せかいいっしゅう

旅行することです。
りょこう

2. この仕事を通して、いろんな経験を積み、国際的なビジネ
とお　けいけん　つ　こくさいてき

スマンとなって、第一線で活躍することです。
だいいっせん　かつやく

Q：どんなモットーや生活信条を持っていますか？
せいかつしんじょう　も

A：1. 自分本位でなく、相手の身になって考えることを生活信条
じぶんほんい　あいて　み　かんが

としています。学生時代、ボランティア活動を通じてそれ
がくせいじだい　かつどう　つう

を痛感しました。
つうかん

2. 私のモットーは「石の上にも三年」です。苦しくても、辛抱
わたし　いし　うえ　さんねん　くる　しんぼう

強く、努力することが大切だと思います。アルバイトを通
づよ　どりょく　たいせつ

じてそれを学びました。
まな

32. 抱負‧夢想‧人生觀

> Q：請讓我們聽聽你進入公司後的抱負。
>
> A：是的，我想早日熟練工作，成為對公司發展有所貢獻的職員。

★相關問答

Q：你的夢想是什麼？

A：1.（我的夢想是）努力工作存錢，和父母親一同環遊世界。

　　2.（我的夢想是）透過這份工作，累積各種經驗，成為國際性的商人，在第一線大顯身手。

Q：你有什麼樣的座右銘（motto）或生活信條？

A：1. 我是以非自我本位，站在對方的立場著想當作生活信條。學生時代，透過義工（volunteer）活動，讓我深切地體會到它的含義。

　　2. 我的座右銘是「石頭坐它三年也會暖和〔有志者事竟成〕」。儘管辛苦，重要的是有耐心的努力。透過打工，讓我學到了它的真諦。

Q：将来の生活設計についてどう考えていますか？

A：1. 先ず、仕事を通して社会的に自立したいと思います。その後、いい人がいたら結婚して明るい家庭を作りたいです。そして共働きしながら、少しずつ自分たちの夢の実現に努力したいと思っています。

2. 今、ここで具体的には言えませんが、私は好きな仕事を通じて、毎日、精一杯生きたいと思います。そして経済的にも精神的にも充実した人生を送りたいと思っています。

Q：あなたの生き方について話してください。

A：はい。どんな困難に直面しても挫けず、楽観的に考え、その日、その日を大切に精一杯生きる…これが私の生き方です。

Q：どんな人生観を持っていますか？

A：私にとって、お金や名誉も大切ですが、それ以上にお金で買えないもの…愛情、信頼、健康等を大切にしたいと思っています。それが私の人生観です。

Q：關於將來的生活設計，你有何想法？

A：1. 首先，我想透過工作在社會上取得自立。之後，若有合適的
　　 對象，就結婚、組織一個快樂開朗的家庭。然後，夫妻共同
　　 上班，一步一步地朝實現咱們的夢想去努力。

　　2. 現在，我在這裏無法具體地說出來，但我想透過喜歡的工
　　 作，每天竭盡全力地生活。在經濟上、精神上都過充實的人
　　 生。

Q：請談談你的生活方式。

A：好的，不管面對什麼困難都不氣餒，樂觀地思考，珍惜每一個
　　 日子，竭盡全力地生活…這就是我的生活方式。

Q：你抱持怎樣的人生觀？

A：金錢或名譽對我而言雖然都重要，但我想更珍惜用金錢買不到
　　 的東西…如愛情、信任、健康等。這就是我的人生觀。

Q：どんなライフスタイルを望んでいますか？

A：最近、結婚より仕事を優先して考える女性が増えています。私もその一人で、他の人と協調しながらも、自分なりの価値観と生き甲斐を持って人生をエンジョイしたいと思っています。

Q：あなたの生き甲斐は何ですか？

A：1. 仕事と家族の幸福です。好きな仕事に打ち込むことができたら素晴らしいと思います。

2. 恋人です。家族ぐるみで交際している人ですが、いずれ結婚するつもりです。一生懸命仕事をして、早く経済的にも自立したいと思っています。

Q：你希望怎樣的生活方式（life style）？

A：最近重視工作甚於結婚的女性正在增加。我也是其中之一，我打算一方面與他人取得協調，一方面仍擁有自我的價值觀和生存意義來享受（enjoy）人生。

Q：你的生存意義是什麼？

A：1. 是工作和家庭的幸福。如果能夠投入喜歡的工作，我認為那是最好不過的了。

2. 是情人。我們是家庭和家庭之間的交往，過些日子打算結婚。我希望努力工作，在經濟上早點獨立。

33. 採用された場合——希望職種
さいよう　　　　　　　　　　ばあい　　　　　きぼうしょくしゅ

Q：入社したら、どんな仕事をしてみたいですか？
　　にゅうしゃ　　　　　　　　しごと

A：1．できれば、営業の仕事をやってみたいです。自分の性
　　　　　　　　　えいぎょう　　　　　　　　　　　　　　　　　　じぶん　せい

　　　格がセールスに向いていると思うからです。以前、販
　　　かく　　　　　　　　　む　　　　　　　　おも　　　　　　　　いぜん　はん

　　　売関係のアルバイトをしたこともあります。
　　　ばいかんけい

　　2．特にありません。与えられた仕事は何でも一生懸命や
　　　　とく　　　　　　　　あた　　　　　　　　　なん　　　いっしょうけんめい

　　　ります。

★関連表現

Q：採用されたら、どんな業務〔職種〕に就きたいですか？
　　　　　　　　　　　　ぎょうむ　しょくしゅ　つ

A：1．できれば、秘書課を希望します。専攻した日本語がすぐに
　　　　　　　　ひしょか　きぼう　　　　　せんこう　　にほんご

　　　役立つとは思いませんが、早く一人前の仕事ができるよう
　　　やくだ　　　　おも　　　　　　　　はや　いちにんまえ

　　　努力するつもりです。
　　　どりょく

　　2．特に希望はありません。どこに配属されても、精一杯頑張
　　　　　　きぼう　　　　　　　　　　はいぞく　　　　　せいいっぱいがんば

　　　りたいと思います。

Q：入社したら、仕事にどう対処するつもりですか？
　　にゅうしゃ　　　　　　　　　たいしょ

A：一日も早く仕事を覚えるよう努力します。また、ミスをしたり、
　　いちにち　はや　　　　おぼ

　　どうしてもわからないことがあったら、すぐ先輩や上司に聞い
　　　　　　　　　　　　　　　　　　　　　せんぱい　じょうし　き

　　て、指示を仰ぎます。
　　　しじ　あお

—172—

33. 被錄用時——希望的職務

Q：進入公司的話，你希望做什麼工作？

A：1. 如果可以的話，我想做做看營業的工作。因為我認為自己的個性適合銷售。而我以前打工也做過銷售方面的工作。

　　2. 沒有特別希望的。交付的工作，我都會認真地做。

★相關問答

Q：如果你被錄用的話，希望擔任什麼業務〔職務〕？

A：1. 如果可以的話，我希望在秘書課。雖然我不認為專攻的日語馬上就可以派上用場，但我打算努力以便能夠趕快獨當一面。

　　2. 我沒有特別希望的。不管被派到什麼職務，我都會竭盡全力而為。

Q：進入公司的話，你打算如何應付工作？

A：我將努力早日熟悉工作。此外，若有失誤或弄不明白的地方，馬上請教前輩或上司，謹遵指示。

Q：採用された場合、女子社員としてお茶汲みやコピーとりをどう
　　思いますか？

A：私はお茶汲みもコピーとりも大切な仕事の一つだと思います。
　　仕事をスムーズにすすめていく為にも、女性特有の気配りをい
　　ろんな面に発揮したいと思います。

Q：假使妳被錄用，作個女職員，妳覺得倒茶、影印怎麼樣？

A：我認為倒茶、影印也是重要的工作之一。為使工作順利（smooth）進行，我打算在各方面發揮女性特有的細心。

メ　モ

★ビジネス関係のキーワード

1 ②トラブル：Ⓐ⓪もめごと
　　Ⓑ⓪故障、⓪不調

2 ⓪支障（をきたす）

3 ②クレーム〔⓪苦情〕が出る

4 ①メーカー：製造業者、有名
　　　　　　　な製造会社
　　↕
　①ユーザー：商品使用者、利
　　　　　　　用者

5 ②根回し（をする）

6 ⓪④段取り（をする）

7 ⓪ミーティング：⓪会合、⓪
　　集会、⓪打ち合わせ

8 ②スケジュール：⓪予定
　　（表）、⓪計画（表）、⓪日程
　　（表）

9 ⓪見積り（を出す）

10 ①手を打つ：Ⓐ交渉を成立さ
　　せ、契約に同意する　Ⓑ前
　　もって必要な処置をする

11 ①リスク：⓪危険

12 ⓪省エネ：「⑥省エネルギー」
　　の略

13 ②リベート：Ⓐ⓪謝礼金
　　Ⓑ②手数料、①賄賂

14 ②コミッション：（仲介の）
　　手数料、③仲介料、①口銭

15 ①ノルマ：Ⓐ一定時間内に果
　　たすべき仕事量　Ⓑ生産の
　　基準量
　例：ノルマを達成する

16 ①セールス：商品の販売・勧
　　誘、特に外交販売

17 ③トラバーユする：Ⓐ（女性
　　が）就職する　Ⓑ転職する

18 ⓪出張する

19 ⓪出世する、⓪昇進する

20 ⑤エリートコース（を歩む）

21 ⓪脱サラ〔「①脱サラリーマ
　　ン」の略〕を図る

附　記

★商業方面的術語

1　trouble：Ⓐ糾紛，麻煩
　　Ⓑ故障、不順利

2　.（引起）故障

3　抱怨

4　廠商(maker)：製造業者、有
　　　　　　　　名的製造公司
　　↕
　　用戶(user)：商品使用者、
　　　　　　　　利用者

5　事先溝通

6　（安排）步驟

7　meeting：會合、集會、會
　　議

8　schedule：預定（表）、計
　　畫（表）、日程（表）

9　估價

10　採取必要的手段：Ⓐ同意訂
　　立契約，達成協議　Ⓑ事先
　　採取必要的措施

11　risk：危險，風險

12　節約能源：「省エネルギー」之
　　略

13　rebate：Ⓐ酬金　Ⓑ手續費、
　　賄賂

14　commission：（仲介的）手續
　　費、佣金

15　（俄語）norma：Ⓐ一定時間
　　內該完成的工作量，勞動基準
　　量　Ⓑ生產基準量
　　例：完成勞動〔生產〕基準量

16　sales：商品的販賣，尤指推銷
　　販賣

17　（法語）travail：Ⓐ（女性）
　　就業　Ⓑ換工作

18　出差

19　出人頭地、晉升

20　（走上）成功之路（elite course）

21　不願當上班族而想自創事業

22 ①ベア：「④ベースアップ」の
略

23 ②小切手（で払う）
こぎって はら

24 ⓪手形（を切る）
て がた き

25 ⓪歩合制
ぶ あいせい

26 ⓪談合する
だんごう

27 ⓪入札する↔⓪落札する
にゅうさつ らく

28 ⓪肩書き
かた が

29 ⓪重役、③エグゼクティブ
じゅうやく

30 ①上司↔①部下
じょうし ぶか

31 ⓪同僚、④仕事仲間
どうりょう し ごとなか ま

32 ④人事異動（がある）
じん じ い どう

33 ⓪左遷する↔⓪栄転する
さ せん えいてん

34 ⓪転勤する
てんきん

35 ⓪定年、⑤定年退職する
ていねん たいしょく

36 ⓪天下りする
あまくだ

37 ①コスト〔③生産費、①原価、
せいさん ひ げん か
①経費〕がかかる
けい

38 ⑤通勤ラッシュ（を避ける）
つう さ

39 ⑤通勤地獄
つう じ ごく

40 ③時差出勤する
じ さ しゅっきん

41 ⓪フレックスタイム制

42 ⑤在宅勤務
ざいたくきん む

43 ⓪週休二日制（になる）
しゅうきゅうふつ か

44 ⓪ハナキン：「⑥花の金曜日」
はな きんよう び
の略

45 ②ストレス解消する
かいしょう

46 ④会社〔仕事〕人間
かいしゃ し ごと にんげん

47 ④ワーカホリック

48 ④働きバチ
はたら

49 ①ボーナス（をもらう）

50 ③サラリーマン（になる）

51 ⓪サラ金〔「⑦サラリーマン金
きん
融」の略〕から借りる
ゆう か

52 ⑤住宅ローン（を払う）
じゅうたく

53 ⓪③共稼ぎ〔③⓪共働き〕
ともかせ はたら

54 ①DINKS
ディンクス

55 ③アルバイト（をする）

56 ⓪パート〔「④パートタイム」
の略〕で働く
はたら

57 ⓪フリーター：「⑥フリーア
ルバイター」の略

—178—

22 提高待遇（日製英語 base up）：「ベースアップ」之略

23 （以）支票（支付）

24 （開）票據

25 比例制

26 商議，圍標，搓湯圓

27 投標↔得標

28 頭銜

29 董事、高級主管（executive）

30 上司↔部下

31 同仁、同事

32 人事異動

33 降職↔榮升

34 調職

35 退休年齡、退休

36 高官等離職後到有關企業裏去做事

37 所需成本（cost）〔生產費用、本錢、經費〕

38 （避開）上下班尖峰

39 上下班擁擠

40 錯開時間上班

41 彈性上班（flextime）制

42 在家上班

43 （成為）週休兩天制

44 美麗的星期五，週末：「花の金曜日」之略

45 消除壓力〔緊張〕

46 以公司〔工作〕為中心的人

47 工作狂，工作中毒(workaholic)

48 工蜂《嘲笑日本人熱中工作》

49 （領）年終獎金（bonus）

50 （當）上班族（salary man）

51 借高利貸

52 （付）房屋貸款

53 夫妻共同上班

54 頂客族（dual income no kids）《兩份收入但不撫養小孩的夫妻》

55 打工，兼差

56 兼職

57 自由打工者（free Arbeiter）

58 ⓪③ＯＬ：和製英語 office lady
の頭文字

59 ③キャリアウーマン（になる）

60 ⓪ハイミス：「⑤オールドミス」
の言い換え

61 ②不渡り（を出す）

62 ①ディーラー：④特約店、④卸
業者

63 ①バイヤー：⓪買い手、④外国
人の買い付け人

64 ②⓪ブローカー：⓪仲買人、⑤
周旋業者

65 ①ライバル会社

66 ⓪取引先

67 ⓪（お）得意先（を招待する）

68 ⓪（〜に）鞍替する

69 ⓪朝礼（を行なう）

70 ③オンライン（で結ぶ）

71 ④ネットワーク（を結ぶ）

72 ④キーステーション

73 ⑥ゴールデンウイーク

74 ⑤飛び石連休（になる）

75 ⑤振り替え休日

76 ④帰省ラッシュ

77 ⑤交通渋滞（になる）

78 ②アポイントメント（をとる）

79 ①メモする

80 ①アドレス（を聞く）

81 ①アクセスする：Ⓐ利用す
る　Ⓑコンピュータで呼び
出しする

82 ③商社マン

83 ⑤新入社員

84 ⑤ベテラン社員

85 ⓪見習い

86 ⓪現役

87 ①キャリア（がある）

88 ②スランプ（に陥る）

89 ④オフィスラブ

90 ⓪不倫（を）する

91 ⓪①マニュアル〔①③手引き〕

92 ②マネージメント

93 ⓪財テク：「⑥財務テクノロ
ジー」の略

94 ⑤ビジネスホテル（に泊まる）

95 ②初任給（をもらう）

96 ⓪月給（をもらう）

97 ⑤有給休暇（をとる）

98 ④休暇願い（を出す）

58 女職員，女辦事員：日製英語
　　office lady 的首字

59 （當）（專才的）職業婦女
　　（ career woman ）

60 老處女 日製英語 high Miss）
　　：「old Miss」的另一說法

61 （開）空頭支票

62 dealer：特約店、批發商

63 buyer：買方、外國買主

64 broker：掮客、中間人

65 競爭公司

66 客戶

67 （招待）客戶

68 跳槽〔轉業〕（到～）

69 （舉行）朝會

70 （以）聯線(on line)（連結）

71 （連結）網路（ network ）

72 主台（ key station ）《 主播
　　聯播節目的電台 》

73 （連續假期的）黃金週
　　（ golden week ）

74 （成為）隔日連續放假

75 補假

76 返鄉人潮

77 （造成）交通阻塞〔塞車〕

78 預約（ appointment ）

79 做筆記

80 （問）地址（ address ）

81 access：Ⓐ利用　Ⓑ以電腦存
　　取，叫出

82 商社職員

83 新進職員

84 幹練的（ veteran ）公司職員

85 見習，實習

86 現役；應屆

87 （有）經歷（ career ）

88 （陷入）不景氣〔蕭條〕(slump)

89 辦公室戀情（ office love ）

90 亂倫，婚外情

91 手冊，便覽，指南（ manual ）

92 經營，管理

93 理財技巧，理財：「 財務テク
　　ノロジー 」之略

94 （住在）商務旅館(business hotel)

95 （支領）起薪

96 （領）薪水

97 （申請）帶薪休假

98 （申請）休假

99 ⓪バブル(経済)崩壊
　　　　けいざい　ほうかい

100 ⓪株価の下落
　　　かぶか　げらく

101 ⑥使い捨て文化
　　つか　す　ぶんか

102 ⓪お中元(をもらう)
　　　ちゅうげん

103 ⓪お歳暮(を送る)
　　　せいぼ　おく

34. 仕事と家庭
しごと　　かてい

Q：仕事と家庭を両立させることができますか？
りょうりつ

A：なかなか難しいですが、情熱と家族の理解があればできる
むずか　　　　　　　　じょうねつ　　かぞく　　りかい

　　と思います。会社では仕事に、家では主婦業に専念するつ
おも　　　　　かいしゃ　　　　　　　　いえ　　しゅふぎょう　せんねん

　　もりです。

★関連表現

Q：仕事と家庭を同時にうまくこなせますか？
どうじ

A：1．はい。たいへんですが、こなすつもりです。仕事と家庭は

　　　表裏一体で、仕事の充実があるからこそ家庭の充実があり、
ひょうりいったい　　　　　　じゅうじつ

　　　その逆も言えるからです。
ぎゃく　い

　　2．はい。そう簡単にはいかないと思いますが、頑張って何と
かんたん　　　　　　　　　　　　　がんば　　なん

　　　かこなしたいと思っています。

34. 工作與家庭

Q：你能夠兼顧工作與家庭嗎？

A：這是一件相當困難的事，但我認為只要有熱忱和家庭的諒解就可以辦到。我打算在公司專心工作，在家裏則做好家庭主婦的工作。

★相關問答

Q：工作與家庭你能夠同時妥善處理嗎？

A：1. 嗯！雖然很難，但我打算努力去做。工作與家庭是一體兩面的，正因為有工作的充實才有家庭的充實，這句話也可以倒過來說。

2. 嗯！雖然我覺得不是那麼簡單，但我會努力設法去做。

35. 退社後、休日の過ごし方
たいしゃご　きゅうじつ　す　かた

Q：休日はどう過ごしていますか？

A：好きな本を読んだり、音楽を聴いたり、のんびりしています。
す　ほん　よ　おんがく　き
時々、山登りやハイキングに行っては自然と親しんでいま
ときどき　やまのぼ　い　しぜん　した
す。

★関連表現

Q：休みの日はどうしていますか？
やす　ひ

A：午前中に掃除や洗濯などを済ませ、午後は映画やショッピング
ごぜんちゅう　そうじ　せんたく　す　ごご　えいが
に出掛けたり家でゆっくりテレビを見たりしています。夜は本
でか　うち　み　よる　ほん
を読んだりした後、早く寝ます。
よ　あと　はや　ね

Q：日曜日は何をして過ごしていますか？
にちようび　なに

A：体力づくりにジョギングやテニスをしています。そのほかに、
たいりょく
子供の遊び相手をしたり、家内の買い物につきあったりして家
こども　あそ　あいて　かない　か　もの　か
庭サービスにつとめています。
てい

Q：仕事が終った後、どうしますか？
しごと　おわ　あと

A：特別用事がなければ、まっすぐ家へ帰ります。一家団欒で食事
とくべつようじ　うち　かえ　いっかだんらん　しょくじ
したいので。

—186—

35. 公司下班後，假日的度過方式

Q：你假日是怎麼度過的？

A：我閱讀喜歡的書籍，或聽聽音樂悠閒一下。有時就去爬山或健行接近大自然。

★相關問答

Q：你假日如何排遣？

A：我上午打掃完、洗好衣服等，下午出去看電影、買東西或在家裏悠閒地看電視。晚上看看書以後很早就睡覺。

Q：你星期天是怎麼度過的？

A：我以慢跑或打網球來培養體力。另外，也和孩子一起遊玩，或陪內人買東西，做好家庭服務。

Q：工作結束後，你是如何打發時間的？

A：如果沒有特別事情的話，我就直接回家。因為我想全家一起用餐。

Q：退社後、どうしますか？

A：ストレス解消に友達と一杯やったり、たまにサウナに行ってリ

フレッシュします。

Q：アフター5をどう過ごしますか？

A：YMCAで日本語を勉強したり、家でビデオを観たりします。

アドバイス☞実際はどうであっても、面接ではルーズにダラダラ過ごし

ているような回答は避けましょう。エンジョイしながらも、

余暇を有効に過ごしているような答え方をした方がいいと

思います。

メ　モ

1　⓪出社する

2　⓪退社する

3　⓪出勤する

4　⓪退勤する

5　⓪登庁する
}官庁、役所関係

6　⓪退庁する

7　⓪登校する
}学校関係

8　⓪下校する

9　⓪早引き〔⓪早引け〕する

10　⓪早退する

11　⓪帰宅する

12　⑤アフターファイブ（退勤後

の個人的な時間）

Q：公司下班後，你是如何打發時間的？

A：我和朋友喝一杯消除緊張，或有時到三溫暖（sauna）去輕鬆一下（refresh）。

Q：（下班）五點以後（after 5），你是怎麼度過的？

A：我在 YMCA（基督教青年會，Young Men's Christian Association）學日語，或在家裏觀看錄影帶。

建　議：實際不管怎麼樣，面試時要避免回答生活是散漫無章的。雖然是在享受餘暇，卻能有效地度過，以這種方式來回答比較好。

附　記

1　上公司，到公司	9　早退
2　離開公司，公司下班	10　早退
3　上班	11　回家
4　下班	12　五點以後（下班後私人的時間）

5　上班 ⎫
6　下班 ⎬ 官廳、公所方面

7　上學 ⎫
8　放學 ⎬ 學校方面

36. お酒（さけ）

Q：お酒は飲（の）めますか？

A：1．はい、飲めます。でも付き合い程度（つ　あ　ていど）です。

　　2．いいえ、あまり飲めません。でも、お付き合いは好（す）きな方（ほう）です。

★関連表現

Q：お酒は好きですか？

A：1．はい、好きですが、嗜（たしな）む程度です。

　　2．いいえ、あまり好きではありません。でも少（すこ）しくらいなら飲みます。

Q：お酒の方（ほう）はどうですか？

A：1．かなりいける方ですが、深酒（ふかざけ）はしません。

　　2．好きな方ですが、ビール3本（ぼん）ぐらいが限度（げんど）です。

　　3．ほとんど飲めませんが、楽（たの）しい雰囲気（ふんいき）は好きです。

アドバイス☞サラリーマン社会（しゃかい）では、お酒は人間関係（にんげんかんけい）の潤滑油（じゅんかつゆ）です。「お酒は嫌（きら）いです！」「ぜんぜん飲めません！」のような強（つよ）い言（い）い方（かた）は、人付き合（ひとづ　あ）いがよくないと思（おも）われがちです。お酒に対（たい）しては、ソフトで前向（まえむ）きな回答（かいとう）をしましょう。

36.　酒

Q：你會喝酒嗎？

A：1. 會，我會喝。但僅止於交際的程度。

　　2. 不會，我不太會喝。但是，我喜歡奉陪。

★相關問答

Q：你喜歡喝酒嗎？

A：1. 是的，我喜歡，但僅止於品嚐的程度。

　　2. 不，我不太喜歡。但要是一點點我會喝。

Q：喝酒這一方面，你如何？

A：1. 我很會喝，但不喝過量。

　　2. 我喜歡喝，但啤酒（beer）頂多三瓶左右。

　　3. 我幾乎不會喝酒，但喜歡那種快樂的氣氛。

建　議：在上班族的社會裏，酒是人際關係的潤滑油。「我討厭喝
　　　　酒。」「我一點也不會喝。」這種武斷的說法，容易被認
　　　　為是不善與人交際，因此對於喝酒這個問題，應該做有彈
　　　　性、積極性的回答。

メ　モ

1　[0][4]酒好き
　　　さけ　ず

2　[3][4]酒飲み
　　　　　の

3　[1]上戸↔[1]下戸
　　　じょうご　　げ こ

4　[4]笑い上戸↔[3]泣き上戸
　　　わら　　　　　な

5　[0]辛党↔[0]甘党
　　　からとう　　あま

6　[0]いける口
　　　　　　くち

7　[1]飲ん兵衛〔[2]飲み助〕
　　　の　べ え　　　　の　すけ

8　[0]酒豪
　　　しゅごう

9　[0]底無し
　　　そこ な

10　[0]アル中：「[6]アルコール中毒」
　　　　ちゅう　　　・ ・　　　　・どく
　　　　の略
　　　　りゃく

11　[0]酔っ払い
　　　よ　ばら

12　[6]酔っ払い運転(を)する
　　　　　　　　　うんてん

13　[0][4]酔っ払う〔[1]酔う〕
　　　　　よ　ぱら　　　　よ

14　[0]深酒する
　　　ふかざけ

15　[0]泥酔する
　　　でいすい

16　[5][0]酔い潰れる
　　　　　よ　つぶ

17　[4][0]飲み明かす
　　　　　の　あ

18　[0]飲み歩く
　　　の　ある

19　[1]一杯付き合う
　　　いっぱいつ　あ

20　[3]飲み仲間〔[3]飲み友達〕
　　　の　なか ま　　　の　ともだち

21　[2]飲み屋
　　　の　や

22　[3]赤ちょうちん〔[5]大衆酒場〕
　　　あか　　　　　　　たいしゅうさか ば

23　[1]パブ〔[0][3]居酒屋〕
　　　　　　　　い ざか や

24　[5]ボトルをキープする

25　[0]宴会、[1]パーティー
　　　えんかい

26　[1]コンパ(に参加する)
　　　　　　　さん か

27　[4]送別会(をする)
　　　そうべつかい

28　[2]披露宴(に出る)
　　　ひ ろうえん　　で

29　[3]忘年会↔[3]新年会
　　　ぼうねんかい　しんねん

30　[1]一気に飲む、[0]一気飲み
　　　いっき　　の　　　　　　の

31　[0]軽く乾杯する
　　　かる　かんぱい

32　[1]幹事(になる)
　　　かんじ

33　[0]割り勘(にする)
　　　わ　かん

34　[2][0]二次会(に出る)
　　　　　に じ

35　[0]ハシゴする

36　[0]悪酔いする
　　　わる よ

37　[2]もどす、[1]ゲロ(を吐く)
　　　　　　　　　　は

38　[1]フラフラする

39　[3]千鳥足
　　　ち どりあし

例：酔って〜で帰る
　　れい　　　　かえ

—192—

附　記

1　喜歡喝酒（的人）

2　喝酒的人，飲酒者

3　會喝酒的人↔不會喝酒的人

4　（醉後）愛笑的人↔（醉
　　後）愛哭的人

5　愛喝酒的人↔不愛喝酒的人

6　會喝酒的人

7　酗酒者，酒鬼

8　酒豪

9　海量

10　酒精（alcohol）中毒：「ア
　　ルコール中毒」之略

11　醉鬼，醉漢

12　酒醉駕駛

13　喝醉

14　飲酒過量

15　爛醉如泥

16　醉倒

17　通宵飲酒，喝到天亮

18　喝完一家又一家，喝遍大江
　　南北

19　應酬一杯

20　酒友

21　酒吧，酒店，酒館

22　（掛有紅燈籠的）平民酒館

23　酒館（pub）

24　將沒喝完的酒存放酒館

25　宴會，聚會（party）

26　（參加）聚會（company）

27　（舉行）歡送會

28　（出席）婚宴

29　忘年會，尾牙↔新年會，新年
　　團拜

30　一口氣喝、一口氣喝完

31　輕乾一杯、淺酌

32　（當）宴會主辦人員

33　各自付帳

34　（去）喝第二家，（去）喝第二次

35　喝完一家又一家

36　醉得難過

37　酒醉嘔吐、抓兔子

38　醉薰薰

39　（醉後）步履跟蹌
　　　例：喝醉了步履跟蹌地回家

40 ⑦酒癖が悪い
　　さけぐせ　わる

41 ②絡む
　　から

　　例：酔って人に～
　　　　よ　　ひと

42 ⑤愚痴をこぼす
　　ぐ　ち

43 ②管を巻く
　　くだ　ま

44 ④酒の席
　　さけ　せき

45 ⓪②無礼講
　　　ぶ れいこう

46 ④⑤午前様
　　ご ぜんさま

47 ⓪二日酔いする
　　ふつ か

48 ③⓪迎え酒（を飲む）
　　むか　ざけ

49 ⓪晩酌する
　　ばんしゃく

50 ⓪酒のつまみ、⓪肴
　　さけ　　　　　さかな

51 ⓪寝酒（を飲む）
　　ね ざけ

52 ③花見酒
　　はな み ざけ

53 ③月見酒
　　つき み ざけ

54 ③雪見酒
　　ゆき み ざけ

55 ⓪酒を注ぐ
　　さけ　つ

56 ⓪お酌する
　　　しゃく

57 ⓪手酌する
　　て じゃく

58 ⑤酒をあおる

59 ⓪微酔い
　　ほろ よ

60 ②酔いが醒める
　　よ　　　さ

61 ⑥アルコール抜き
　　　　　　　　ぬ

　　例：今夜のパーティーは～だ
　　　　こん や

62 ①素面
　　しら ふ

　　例：～ではとても言えない
　　　　　　　　　　　　い

63 ⓪日本酒〔⓪清酒〕、①ビール、
　　に ほんしゅ　せい

　　③④②ウイスキー、⓪②ブラ

　　ンデー、③紹興酒、①ワイン、
　　　　　　　しょうこうしゅ

　　①カクテル、③焼酎
　　　　　　　　しょうちゅう

64 ⓪利き酒〔聞き酒〕する
　　き ざけ　き ざけ

★諺：「酒は百薬の長」「酒は命
　　ことわざ　さけ　ひゃくやく　ちょう　さけ　いのち

　　を削る鉋」
　　　けず　かんな

40 酒品不好

41 找碴，糾纏

　　例：喝醉酒找人麻煩

42 發牢騷，吐苦水

43 說醉話，發酒瘋

44 酒席

45 不拘席次開懷暢飲（的酒宴）

46 喝酒喝到半夜以後才回家的人

47 宿醉，隔日醉

48 為解宿醉而喝（的）酒

49 晚酌

50 下酒小菜、菜餚

51 睡前喝酒

52 賞花酒

53 賞月酒

54 賞雪酒

55 斟酒，倒酒

56 斟酒

57 自酌

58 仰頭大口喝酒

59 微醉

60 酒醒

61 沒有酒（精）

　　例：今晚的聚會沒有酒

62 沒醉時（的狀態）

　　例：沒醉時不敢說〔酒後吐真言〕

63 日本酒〔清酒〕、啤酒、威士忌酒（whisk (e) y）、白蘭地酒（brandy）、紹興酒、葡萄酒（wine）、雞尾酒（cocktail）、燒酒

64 品嚐酒

★諺語：「酒為百藥之長」
　　　　「酒是穿腸毒藥」

37. タバコ

Q：タバコを吸いますか？

A：1．はい。でも気分転換にちょっと吸う程度です。

2．いいえ、全然吸いません。

★関連表現

Q：タバコは好きですか？

A：1．はい。でも最近、禁煙しております。

2．いいえ、嫌いです。健康の為にも吸わない方がいいと思っ
ています。

3．以前はよく吸いましたが、もうやめました。

Q：喫煙についてどう思いますか？

A：1．食後やお酒を飲みながらの一服はおいしくて、精神的にも
リラックスできるので私は好きです。でも嫌いな人もいる
ので、気を付けて吸っています。（最近は嫌煙運動の影響で
肩身が狭いです。）

2．喫煙は個人の自由ですが、他人に迷惑をかけないように吸
うのが、エチケットだと思います。

37. 香　　煙

Q：你抽煙嗎？

A：1.是的，不過只是為了轉換心情才抽的。

　　2.不，我完全不抽煙。

★相關問答

Q：你喜歡抽煙嗎？

A：1.是的，但最近在戒煙。

　　2.不，我討厭抽煙。為了健康，我認為不抽煙比較好。

　　3.我以前抽得很兇，但已經戒掉了。

Q：你對抽煙的看法如何？

A：1.飯後或喝酒當中來一根，味道特別好，精神也可以獲得調劑（relax），所以我喜歡抽煙。但也有人討厭抽煙，因此抽煙得有所顧忌。（最近由於拒抽二手煙運動的影響，愈來愈抬不起頭了。）

　　2.我認為抽煙是個人的自由，但抽煙不妨礙到別人卻是一種禮貌（ 法語 étiquette）。

メ　モ

1　⓪喫煙する
　　きつえん

2　⓪禁煙する
　　きんえん

3　④ノースモーキング

4　⓪喫煙所（で吸う）
　　　　じょ　す

5　④パイプたばこ

6　⓪葉巻き
　　は　ま

7　⑤ヘビースモーカー

8　⓪愛煙家
　　あいえん か

9　⓪ニコチン

10　①タール

11　⑥メンソール・タバコ

12　③嫌煙権（を主張する）
　　　けんえんけん　　しゅちょう

13　⑤間接喫煙、④受動喫煙
　　　かんせつ　　　　じゅどう

14　⓪分煙
　　　ぶん

15　⓪一服する→③小休止する
　　　いっぷく　　　　しょうきゅうし

16　②寝タバコ（を吸う）
　　　ね

17　⑥タバコを吹かす
　　　　　　　　ふ

18　⑥プカプカ吸う

19　④くわえタバコ（をする）

20　⓪吸い殻（を捨てる）
　　　　　がら　　す

キャスター・マイルド　　マイルド・セブン・ライト　　キャビン85・マイルド

—198—

附　記

1　抽煙，吸煙

2　禁煙，禁止吸煙

3　禁止吸煙（ no smoking ）

4　(在)吸煙場所(吸煙)

5　煙絲

6　雪茄（煙 ）

7　老煙槍（ heavy smoker ）

8　癮君子

9　尼古丁（ nicotine ）

10　焦油（ tar ）

11　薄荷香煙（ menthol tobacco ）

12　(主張)拒煙權

13　二手煙、被迫抽煙

14　區分抽煙時間或場所

15　抽一根煙→稍事休息

16　床上抽煙

17　吞雲吐霧

18　吧嗒吧嗒地抽煙

19　叼著煙

20　(丟)煙蒂〔煙頭〕

マールボロ　　　ステートエキスプレス　　　ケント・マイルド

38. 料理・食べ物
りょう り   た もの

Q：どんな料理が好きですか？
　　　　　　　　　す

A：四川料理とタイ料理が好きです。
　　しせん

★関連表現

Q：好きな食べ物は何ですか？
　　　　　　　　　　なん

A：カラスミと北京ダックです。
　　　　　　ペキン

Q：食べ物の好き嫌いがありますか？
　　　　　　　　きら

A：1．はい、肉料理が食べられません。(私の家は)菜食主義なので。
　　　　　　にく　　　　　た　　　　　　　　　いえ　さいしょくしゅぎ

　　2．はい、牛肉が食べられません。家族も同じで、(昔からの)
　　　　　　　ぎゅうにく　　た　　　　　かぞく　おな　　　　むかし

　　　　家風だからです。
　　　　かふう

　　3．いいえ、ありません。子供の頃、ちょっとありましたが、
　　　　　　　　　　　　　　こども　ころ

　　　　今は何でも食べられます。
　　　　いま　なん　　た

Q：何か苦手な食べ物がありますか？
　　なに　にがて　　た

A：1．はい。臭豆腐と鶏の足です。
　　　　　　しゅうどうふ　にわとり　あし

　　2．いいえ、別にありません。何でも食べられます。
　　　　　　　　べつ　　　　　　なん　　た

38. 料理・食物

Q：你喜歡什麼菜？

A：我喜歡四川菜和泰國菜。

★相關問答

Q：你喜歡的食物是什麼？
A：是烏魚子和北平烤鴨（Peking duck）。

Q：你會挑食嗎？
A：1. 會的，我不吃肉。因為我（家）是吃素的。

　　2. 會的，我不吃牛肉。我的家人也是，因為這是（以前傳下來
　　　的）家風。

　　3. 不會。小時候，有點挑食，但現在什麼都吃。

Q：你有沒有吃不來的食物？
A：1. 有的，我臭豆腐和雞腳吃不來。
　　2. 沒有，我什麼都吃。

Q：どんな食べ物に抵抗を感じますか？

A：そうですね……。蛇料理や犬の肉には、とても抵抗を感じます。

　私は食べられません。

Q：何か抵抗を感じる食べ物がありますか？

A：はい、刺身などの生物がたいへん苦手です。（生理的にダメです。）

Q：什麼東西你不敢吃？

A：嗯……。我對蛇肉或香肉，有強烈的排斥感，不敢吃。

Q：你有沒有不敢吃的食物？

A：有的，我生魚片等生的食物實在吃不來。（生理上無法適應。）

メ　モ

★代表的な料理
だいひょうてき　りょうり

1　④日本料理
　　にほん

2　⑤韓国料理
　　かんこく

3　⑤西洋料理
　　せいよう

4　④中華料理〔⑤中国料理〕
　　ちゅうか　　　ちゅうごく

5　⑤台湾料理
　　たいわん

6　⑤広東料理
　　カントン

7　④湖南料理
　　こなん

8　④四川料理
　　しせん

9　⑤上海料理
　　シャンハイ

10　④北京料理
　　ペキン

11　④客家料理
　　ハッカ

12　⑤浙江料理
　　せっこう

13　⑤フランス料理

14　⑤イタリア料理

15　⑤スペイン料理

16　④ドイツ料理

17　④インド料理

18　④ロシア料理

19　⑤ギリシア料理

20　⑥エスニック料理（アジア、
　　　アフリカ、ラテンアメリカ
　　　等の伝統的民族料理）
　　　など　でんとうてきみんぞく

21　③タイ料理

22　⑤ベトナム料理

23　⑦インドネシア料理

24　⑦ジンギスカン料理

附　記

★代表性的料理

1　日本菜

2　韓國菜

3　西餐

4　中華料理〔中國菜〕

5　台菜

6　粵菜，廣東菜

7　湘菜，湖南菜

8　川菜

9　上海菜

10　北平菜

11　客家菜

12　浙江菜

13　法國（France）菜

14　義大利（Italia）菜

15　西班牙（Spain）菜

16　德國（ 荷蘭語 Duits）菜

17　印度（Indo）菜

18　俄國（ 俄語 Rossiya）菜

19　希臘（ 葡萄牙語 Grecia）菜

20　民族（ethnic）料理（亞洲、非洲、拉丁美洲等傳統的民族料理）

21　泰國（Thailand）菜

22　越南（Vietnam）菜

23　印尼（Indonesia）菜

24　成吉思汗（Genghis Khan）料理，蒙古烤肉

25 ⑥バイキング料理（一定料金で
　　　りょうり　　　　いっていりょうきん
　　食べ放題式の料理)
　　　　ほうだいしき

26 ⑤海鮮料理〔③シーフード〕
　　　かいせん

27 ⑤精進料理
　　　しょうじん

28 ③蛇料理
　　　へび

29 ⑤スッポン料理

30 ⑤ゲテモノ料理

31 ⑤スタミナ料理

32 ④家庭料理
　　　かてい

33 ④田舎料理
　　　いなか

34 ④郷土料理
　　　きょうど

35 ⑤ファーストフード

36 ②飲茶
　　　ヤムチャ

37 ④おせち料理

25 威金料理（花一定費用可任意取食的料理）

26 海鮮，海產（sea food）

27 素食

28 蛇肉

29 鱉肉

30 稀奇古怪的料理《如蚯蚓、蝸牛等》

31 補充精力的（stamina）料理，食補

32 家常菜

33 鄉下料理

34 家鄉菜

35 速食（fast food）

36 飲茶

37 年菜

★日本人の好きな食べ物

1 ①ラーメン、④中華ソバ

2 ⓪餃子

3 ③ハンバーグ、③ハンバーガー

4 ⓪カレー、④カレーライス

5 ⓪牛丼

6 ⓪親子丼

7 ②鰻重

8 ①そうめん

9 ⓪おかゆ

10 ⓪雑炊、②おじや

11 ②おにぎり

12 ⓪すき焼き〔スキヤキ〕

13 ⓪しゃぶしゃぶ

14 ⓪寄せ鍋

15 ①チャーハン

16 ⑤麻婆豆腐

17 ⓪焼きソバ

18 ④サンドイッチ

19 ②ステーキ〔⓪ビフテキ〕

20 ②①寿司〔鮨〕

21 ⓪天婦羅

22 ③刺し身

23 ①②コロッケ

24 ②⓪シチュー

25 ⑦インスタント・ラーメン

26 ⑤フライド・チキン

27 ⓪茶碗蒸し

28 ⓪お茶漬

29 ⓪漬物、⓪お新香

30 ⓪お好み焼き

31 ②おでん〔⓪関東煮き〕

32 ①ピザ〔⓪②ピザパイ〕

33 ⓪オムレツ

34 ⓪卵焼き

35 ①サラダ

36 ①ケーキ

37 ⑤アイスクリーム

38 ③チョコレート

★日本人喜歡的食物

1　拉麵、中華麵

2　餃子

3　漢堡牛肉餅（hamburg）、
　　漢堡（hamburger）

4　咖哩、咖哩飯（curry rice）

5　牛肉飯

6　雞蛋花蓋飯

7　鰻魚飯

8　麵線

9　稀飯，粥

10　雜燴粥、鹹稀飯

11　飯團

12　牛肉火鍋

13　涮肉火鍋

14　火鍋

15　炒飯

16　麻婆豆腐

17　炒麵

18　三明治（sandwich）

19　牛排（steak，法語 bifteck）

20　壽司

21　天婦羅（葡萄牙語 tempero）
　　《用麵粉油炸蔬菜等》

22　生魚片

23　炸肉〔魚，菜〕丸（croquette）

24　燉菜，紅燒（stew）

25　速食（instant）麵

26　炸雞（fried chicken）

27　蒸蛋

28　茶水泡飯

29　醬菜、泡菜

30　麵粉糊加高麗菜等煎成的餅狀
　　食物

31　黑輪、關東煮（豆腐、蘿蔔、
　　蒟蒻等混煮的菜）

32　披薩〔pizza（pie）〕

33　蛋包番茄醬炒飯

34　煎蛋

35　沙拉（葡萄牙語 salada）

36　蛋糕（cake）

37　冰淇淋（ice cream）

38　巧克力（chocolate）

★その他の表現

1 ⓪食通
2 ①グルメ
3 ⓪美食家
4 ③ベジタリアン〔⓪菜食主義者〕
5 ④口に合う
6 ③大好物
7 ①（〜に）目がない
8 ③食いしん坊〔③食いしんぼ〕
9 ⑤名物料理
10 ⑤看板料理
11 ⓪お薦め品
12 ⑤一品料理〔③アラカルト〕

13 ⓪定食（にする）
14 ③フルコース（にする）

15 ④⓪食べ過ぎる
16 ①ダイエットする
17 ⓪偏食する
18 ④好き嫌い（がある）
19 ④食べ嫌い〔④食わず嫌い〕
20 ⓪味見する
21 ⓪試食する
22 ⓪摘み食いする
23 ⓪自炊する
24 ⓪外食する
25 ⓪夜食
26 ⓪間食する
27 ②機内食
28 ⓪洋食、②デザート
29 ⓪和食、③弁当

—210—

★其他的說法

1 老饕，美食家
2 美食家（ 法語 gourmet ）
3 美食家
4 素食主義者（ vegetarian ）
5 合口味
6 最喜歡吃的東西
7 非常喜歡（ ～ ）
8 貪吃的人
9 名菜
10 招牌菜
11 推薦的菜餚
12 點叫的一道菜（ 法語 à la carte ）
13 (吃)客飯
14 (吃)全餐（ full course ）

15 吃太多，吃過頭
16 減肥，節食（ diet ）
17 偏食
18 挑食
19 還沒吃就厭惡
20 嚐味道〔鹹淡〕
21 試吃，品嚐
22 用手抓著吃
23 自炊，自己做飯
24 外食，在外面吃飯
25 宵夜
26 吃零食
27 飛機上的餐飲
28 西餐、甜點（ dessert ）
29 日本料理、便當，飯盒

39. 宗　教
しゅう　きょう

Q：何か信仰をお持ちですか？
　　なに　しんこう　　　も

A：1．はい、仏教を信仰しております。
　　　　　　ぶっきょう

　　2．特に持っていませんが、時々、廟へお参りに行きます。
　　　　とく　　　　　　　　　　ときどき　びょう　まい　　い

★関連表現

Q：信仰している宗教は何ですか？
　　　　　　　　　　　なん

A：1．キリスト教です。

　　2．特にありませんが、聖書や禅に興味を持っています。
　　　　　　　　　　　　　せいしょ　ぜん　きょうみ

Q：何か宗教を信じていますか？
　　なに　　　　しん

A：1．はい、仏教を信じています。

　　2．特に信じていませんが、キリスト教に関心があります。
　　　　　　　　　　　　　　　　　　　　　かんしん

注　意☞日本では憲法の"思想・信仰の自由"に触れる恐れがあるので、
ちゅう　い　にほん　　けんぽう　しそう　しんこう　じゆう　ふ　おそ

この種の質問は面接で行なわれませんが、会話の表現練習の為
　　しゅ　しつもん　めんせつ　おこ　　　　　　　　　　　かいわ　ひょうげんれんしゅう　ため

に、あえてここに載せました。
　　　　　　　　　の

39. 宗 教

Q：您有什麼信仰嗎？

A：1. 有的，我信仰佛教。

2. 我沒有特別信仰什麼，但偶爾會到廟裏拜拜。

★相關問答

Q：你信仰的宗教是什麼？

A：1. 基督（ 葡萄語 Cristo ）教。

2. 我沒有特別信什麼教，但對聖經或禪有興趣。

Q：你有信仰什麼宗教嗎？

A：1. 有的，我信仰佛教。

2. 我沒有特別信仰什麼宗教，但對基督教有興趣。

注　意：在日本由於有抵觸憲法的「思想或信仰自由」之虞，面試時
不會問這類的問題，但為了會話的表達練習，我們還是將它
刊載出來。

メ　モ

★いろいろな宗教

1 ①仏教
ぶっ

2 ⓪天理教
てんり

3 ①神道
しんとう

4 ①儒教
じゅ

5 ①道教
どう

6 ⓪キリスト教

7 ⓪ヒンドゥー教

8 ⓪イスラム教、
　①回教
かい

9 ⓪ラマ教

10 ⓪モルモン教

11 ①⓪密教
みっ

12 ③仏教徒
と

13 ②クリスチャン

14 ①モスレム〔①ムス
　レム、③回教徒〕

15 ⑤ヒンドゥー教徒

16 ⑤民間信仰
みんかんしんこう

17 ④祖先崇拝
そせんすうはい

18 ④原始宗教
げんし

—214—

附　記

★各種宗教

1　佛教

2　天理教

3　神道

4　儒教

5　道教

6　基督教

7　印度〈Hindu〉教

8　伊斯蘭（Islam）
　　教、回教

9　喇嘛（Lama）教

10　摩門（Mormon）教

11　密教

12　佛教徒

13　基督教徒（Christian）

14　伊斯蘭教徒(Moslem
　　＝Muslim)、回教徒

15　印度教徒

16　民間信仰

17　崇拜祖先

18　原始宗教

40. 血液型
けつえきがた

Q：血液型は何ですか？
　　　　　なん

A：O型です。
　　　オーがた

★関連表現

Q：血液型を教えてください。
　　　　　　おし

A：A型です。
　　エー

Q：あなたの血液型は？

A：1. B型です。
　　　ビー

　　2. AB型です。
　　　エービー

40. 血　　型

Q：你是什麼血型？

A：我是O型。

★相關問答

Q：請告訴我你的血型。

A：我是A型。

Q：你的血型是？

A：1. 我是B型。

　　2. 我是ＡＢ型。

41. 星　座
せい　　　　　　ざ

Q：何座の生まれですか？
　　なに ざ　　う

A：水瓶座です。
　　みずがめ

★関連表現

Q：1.（あなたの）星座は何ですか？
　　　　　　　　　　　　なん

　　2. 星座は何座ですか？
　　　　　　　なに

A：蠍座です。
　　さそり

メ　モ

1　◎水瓶座（1月21日〜2月18日）

2　◎魚　座（2月19日〜3月20日）
　　　うお

3　◎牡羊座（3月21日〜4月20日）
　　　お ひつじ

4　◎牡牛座（4月21日〜5月21日）
　　　お うし

5　◎双子座（5月22日〜6月21日）
　　　ふた ご

6　◎蟹　座（6月22日〜7月22日）
　　　かに

7　◎獅子座（7月23日〜8月22日）
　　　し し

8　◎乙女座（8月23日〜9月23日）
　　　おと め

9　◎天秤座（9月24日〜10月23日）
　　　てんびん

10　◎蠍　座（10月24日〜11月22日）
　　　さそり

41. 星　　座

Q：你屬於什麼星座？

A：我屬於水瓶〔寶瓶〕座。

★相關問答

Q：1.你的星座是什麼？

　　2.你的星座是什麼座？

A：我是天蠍座。

附　　記

1　水　瓶〔寶瓶〕座　（ 1 月21日～ 2 月18日）

2　雙　魚　座　　　　（ 2 月19日～ 3 月20日）

3　白　羊　座　　　　（ 3 月21日～ 4 月20日）

4　金　牛　座　　　　（ 4 月21日～ 5 月21日）

5　雙　子　座　　　　（ 5 月22日～ 6 月21日）

6　巨　蟹　座　　　　（ 6 月22日～ 7 月22日）

7　獅　子　座　　　　（ 7 月23日～ 8 月22日）

8　處　女　座　　　　（ 8 月23日～ 9 月23日）

9　天　秤　座　　　　（ 9 月24日～10月23日）

10　天　蠍　座　　　　（10月24日～11月22日）

11 ⓪射手座（11月23日〜12月21日）
　　　いてざ

12 ⓪山羊座（12月22日〜 1 月20日）
　　　やぎ

メ　モ

★占いに関する表現
　うらな　かん　ひょうげん

1 ③④星占い、占星術
　　　ほし　　せんせいじゅつ

2 ③夢占い
　　　ゆめうらな

3 ⑤トランプ占い（をする）

4 ③恋占い
　　　こい

5 ③占い師（になる）
　　　　し

6 ⓪易者（に見てもらう）
　　　えきしゃ　み

7 ①人相（が悪い）
　　　にんそう　わる

8 ②手相（を見る）
　　　て　　　み

9 ⑤姓名判断（をする）
　　　せいめいはんだん

10 ①運勢（を占う）
　　　うんせい

11 ⓪大吉↔⓪大凶
　　　だいきち　　だいきょう

11 射 手 座（11月23日～12月21日）

12 山 羊 座（12月22日～1月20日）

附　記

★有關占卜的說法

1 占星、占星術

2 占夢，圓夢

3 樸克牌（trump）算命

4 戀愛占卜

5 （當）占卜師

6 （請）算命師（算命）

7 面相（不好）

8 （看）手相

9 姓名判斷

10 （占卜）運勢，（算）命

11 大吉↔大凶

42. 美容・服装
びよう ふくそう

Q：服装や化粧についてどう考えていますか？
けしょう かんが

A：私としては、清潔できちんとした服装と自然で爽やかな化
せいけつ しぜん さわ

粧が一番いいと思います。
いちばん おも

★関連表現

Q：派手な服装や厚化粧をどう思いますか？
はで あつげしょう

A：私はあまり好きではありません。パーティや宴会などに出席す
す えんかい しゅっせき

る場合は別として、普段はなるべく地味な方がいいと思います。
ばあい べつ ふだん じみ ほう

Q：美容やファッションについてどんな考えを持っていますか？
も

A：1．そうですね……。服装は個性的で清潔感にあふれたもの、
こせいてき せいけつかん

化粧は爽やかで自然な方がいいと思います。そして、ＴＰ
ティピー

Ｏにふさわしい美容とファッションを心掛けたいと思って
オー こころ が

います。

2．流行にとらわれず、個性的で健康的であること、社会人と
りゅうこう けんこう しゃかいじん

してのエチケットを備えていること、そして何よりもＴＰ
そな なに

Ｏにふさわしい身だしなみが大切だと思います。
み たいせつ

42. 美容・服裝

Q：你對服裝或化粧有什麼看法？
A：我認為清潔、整齊的服裝和自然、清爽的化粧最好。

★相關問答

Q：你覺得華麗的服裝或濃粧怎麼樣？
A：我不太喜歡。平常我認為盡量樸素比較好，而出席聚會
（party）或宴會等的情形則另當別論。

Q：你對美容或時裝（fashion）有什麼看法？
A：1. 嗯……。我覺得服裝有個性、整整齊齊比較好，而化粧以清
爽、自然為宜。另外，我認為美容和時裝要注意配合時間、
地點、場合（time, place, occasion）。

2. 我認為有幾點原則，那就是不被流行牽著鼻子走，要有個性
而且健康，和具備社會人士應有的禮貌（ 法語
étiquette），以及最重要的是打扮要配合時間、地點、場
合。

メ　モ

★美容・服装用語
びよう　ふくそうようご

1　②化粧(を)する
けしょう

2　③厚化粧(を)する
あつげ

3　③薄化粧(を)する
うすげ

4　③メーキャップす
る

5　③アイシャドー

6　⓪②マニキュア

7　②ペディキュア

8　⓪マスカラを付け
つ
る

9　⓪口紅〔①ルー
くちべに
ジュ〕を塗る
ぬ

10　⓪香水〔④オーデ
こうすい
コロン〕を付ける

11　⓪金髪〔⓪ブロン
きんぱつ
ド〕にする

12　②美容院
いん

13　①カットする

14　①セットする

15　①パーマ(をかけ
る)

16　②ウエーブ

17　②ブラッシング

18　①シャンプー〔⓪
洗髪〕する
せんぱつ

19　①リンス(を)する

20　②トリートメント

21　④ヘアスタイル

22　④ロングヘア

23　④ショートヘア

24　⓪おかっぱ〔⑤御
お
河童頭〕にする
かっぱあたま

25　③白髪を染める
しらがそ

26　⓪毛染め
けぞ

27　⓪美顔
びがん

28　⓪床屋(に行く)
とこやい

29　⓪散髪する
さんぱつ

30　⓪調髪する
ちょうはつ

31　①リーゼント

32　④オールバック

33　⑥リクルートカッ
ト(にする)

34　④パンチパーマ

35　⓪角刈り(にする)
かくが

36　①坊主〔④坊主頭〕
ぼうず

37　⓪顔剃、⓪髭剃
かおそりひげ

38　③耳掃除(をする)
みみそうじ

39　⑥ドライヤーセッ
トする

—224—

附　記

★美容、服裝用語

1　化粧

2　化濃粧

3　化淡粧

4　化粧(make-up)

5　眼影(eye shadow)

6　修指甲(manicure)

7　修腳指甲（pedi-
cure）

8　擦睫毛油（mas-
cara）

9　塗口紅〔唇膏〕
（法語 rouge）

10　擦香水〔古龍水〕（
法語eau de cologne)

11　使 … 成 金 髮
（blond (e)）

12　美容院

13　理髮（cut）

14　整髮（set）

15　電燙髮（perma-
nent wave）

16　波 浪 式 電 燙 髮
（wave）

17　梳髮(brushing)

18　洗 頭 髮（sham-
poo）

19　潤絲，潤髮(rinse)

20　梳理(treatment)

21　髮型(hair style)

22　長髮(long hair)

23　短髮(short hair)

24　使…成娃娃頭

25　染白髮

26　染髮

27　美容

28　(上)理髮店

29　理髮

30　理髮

31　男式大背頭(regent)

32　背 頭 （日製英語
all-back）《 全向後
梳的髮型 》

33　(使…成)學生髮型
（recruit cut）

34　鬈鬈頭（punch
permanent）

35　(使…成)小平頭

36　和尚頭，光頭

37　修臉、刮鬍子

38　掏耳朵

39　吹乾整髮（dryer
set）

★女性の主な服装・アクセサリー用語
じょせい おも ふくそう ようご

1　①ファッション

2　②婦人服
　　ふじん

3　◎洋服↔◎和服
　　よう　　わ

4　◎着物
　　きもの

5　④チャイナドレス

6　⑥イブニングドレ
　　ス(を着る)
　　　　き

7　⑤ウェディングド
　　レス

8　⑤花嫁衣装
　　はなよめ いしょう

9　④お色直し(をす
　　　いろなお
　　る)

10　③ワンピース

11　④ミニスカート

12　⑤ロングスカート

13　⑤タイトスカート

14　⑥ジャンパース
　　カート(を穿く)
　　　　　　　は

15　②ブラウス(を着
　　る)

16　④ワードローブ

17　①②キュロット

18　①パンタロン

19　④ホットパンツ

20　③セーラー服

21　④スキーパンツ

22　②スカーフ

23　①ランジェリー

24　①②スリップ

25　②ブラジャー

26　◎③ネグリジェ

27　◎ガードル

28　①パンティー(を脱
　　　　　　　　　　ぬ
　　ぐ)

29　①ショーツ

30　②ストッキング

31　⑥パンティー・
　　ストッキング
　　〔◎パンスト〕

32　③レオタード

33　◎水着(を付ける)
　　　みずぎ　　　つ

34　①ビキニ

35　◎ハイレグ

36　③ハイヒール

37　③中ヒール
　　　ちゅう

38　③ローヒール

39　①イヤリング

40　①ピアス(をする)

41　①ネックレス

42　②ブローチ

43　①ペンダント

44　④ブレスレット

45　◎指輪(をする)
　　　ゆびわ

46　◎真珠〔①パール〕
　　　しんじゅ

47　①◎ダイヤ〔④ダ
　　イヤモンド〕

48　④ハンドバッグ

49　②①ポシェット

50　①◎エプロン

51　③ヘアバンド

52　①リボン(をする)

—226—

★女性的主要服飾用語

1 時裝；型；流行

2 女裝

3 洋裝↔和服

4 衣服；和服

5 旗袍(China dress)

6 （穿）晚禮服
 （evening dress）

7 結婚禮服 (wed-
 ding dress)

8 新娘裝

9 （新娘）重換盛裝

10 連衣裙(one-piece
 dress)

11 迷你裙(miniskirt)

12 長裙(long skirt)

13 窄裙(tight skirt)

14 （穿）學生裙
 （jumper skirt）

15 （穿）罩衫〔女襯
 衫〕（blouse）

16 （個人的）全部服
 裝(wardrobe)

17 褲裙(culottes)

18 喇叭褲（ 法語
 pantalon）

19 熱褲(hot pants)

20 水手服

21 滑雪褲(ski pants)

22 領巾，圍巾(scarf)

23 女內衣(lingerie)

24 套裙(slip)

25 胸罩(brassiere)

26 （女用寬鬆的）睡
 袍(法語 négligé)

27 緊身褡(girdle)

28 （脫）三角褲〔內
 褲〕(panties)

29 短褲（ shorts ）

30 長襪(stockings)

31 褲襪（ panty
 stockings ）

32 緊身衣(leotard)

33 （穿）泳裝〔游泳衣〕

34 比基尼泳裝(bikini)

35 高腳泳裝(high leg)

36 高跟鞋 (high-heeled
 shoes)

37 中跟鞋

38 低跟鞋

39 耳環(earring)

40 （戴）耳環

41 項鍊(necklace)

42 胸針(brooch)

43 垂飾(pendant)

44 手鐲(bracelet)

45 （戴）戒指

46 真珠(pearl)

47 鑽石(diamond)

48 手提包(handbag)

49 裝飾用的手帕
 （ 法語 pochette）

50 圍裙(apron)

51 髮帶(hair hand)

52 （帶）緞帶(ribbon)

53 ①バスト（B）　　　54 ②⓪ウエスト（W）　　55 ①ヒップ（H）

★男性の主な服装用語
だんせい　おも　ふくそうようご

1 ③紳士服
しんし

2 ⓪背広（を着る）
せびろ　　き

3 ③燕尾服
えんび

4 ①モーニング

5 ①③タキシード

6 ③学生服
がくせい

7 ⓪軍服
ぐんぷく

8 ⓪ワイシャツ

9 ⓪ホンコンシャツ

10 ⓪ランニング

　　（シャツ）を着る

11 ②ズボン（を穿く）
は

12 ③④半ズボン
はん

13 ①パンツ（を脱ぐ）
ぬ

14 ②ブリーフ

15 ②トランクス

16 ⑤水泳パンツ〔海水
すいえい　　　かいすい

　　パンツ〕を穿く

17 ①ネクタイ（をする）

18 ③蝶ネクタイ
ちょう

19 ③ネクタイ・ピン

20 ④カフス・ボタン

21 ⑤トレンチコート

53 胸圍（B = bust）　　54 腰圍（W = waist）　　55 臀圍（H = hip）

★男性的主要服裝用語

1 紳士服

2 （穿）西裝

3 燕尾服

4 晨禮服（morning coat）

5 晚禮服（tuxedo）

6 學生服

7 軍服

8 白襯衫（white shirt）

9 香港衫（Hongkong shirt）

10 穿運動衫（running shirt）

11 （穿）褲子 法語 jupon）

12 半截褲

13 （脫）褲子〔內褲〕（pants）

14 緊身三角褲（briefs）

15 運動短褲（trunks）

16 穿游泳褲

17 （打）領帶（necktie）

18 蝴蝶結領帶

19 領帶夾（necktie pin）

20 袖釦（ 英語 cuffs ＋ 葡萄牙語 botão）

21 （雙排釦有腰帶的）防水外套（trench coat）

—229—

★男女兼用の主な服装関係用語
だんじょけんよう　おも　ふくそうかんけいようご

1 ②おしゃれ(を)する

2 ⓪②おめかしする

3 ③晴れ着(を装う)
　は　ぎ　よそお

4 ⓪盛装する
　せいそう

5 ⓪正装する
　せい

6 ⓪式服(を着用する)
　しき　ちゃくよう

7 ⓪礼服(を着用する)
　れい

8 ⓪喪服(を着る)
　も

9 ④中国服(を着る)
　ちゅうごく

10 ③子供服(を着る)
　こども

11 ⑤ビジネスウエア

12 ⑤スポーツウエア

13 ④レジャーウエア

14 ⑤キャンパスウエア(を着る)

15 ⑥リクルートファッション

16 ⓪制服〔①③ユニホーム〕を着る
　せい

17 ①スーツ(を着る)

18 ⓪上着(を脱ぐ)
　うわぎ　ぬ

19 ①②ジャケット

20 ②ブレザー(を着る)

21 ①ジャンパー

22 ⓪革ジャン
　かわ

23 ④ジャンプスーツ

24 ⓪トレーナー

25 ⓪トレパン

26 ①セーター

27 ①③カーディガン

28 ①コート(を脱ぐ)

29 ④レーンコート

30 ①オーバー

31 ③アノラック

32 ④ダウンジャケット(を着る)

33 ①ベスト〔⓪チョッキ〕を着ける
　き

34 ⓪④長袖を(着る)
　ながそで　き

35 ⓪④半袖(シャツ)
　はん

36 ⓪ポロシャツ

37 ④アロハシャツ

38 ⓪Tシャツ
　ティー

39 ②スラックス

40 ①ジーンズ

41 ⓪Gパン(を穿く)
　ジー　は

42 ⓪下着〔③肌着〕
　したぎ　はだ

43 ⓪寝巻き(を着る)
　ねま

44 ①パジャマ

45 ①シューズ

46 ⓪皮靴(を履く)
　かわぐつ　は

★男女通用的主要服裝用語

1　好打扮

2　化粧打扮

3　（著）盛裝

4　著盛裝

5　著正式服裝

6　（穿）禮服

7　（穿）禮服

8　（穿）喪服

9　（著）中國服裝

10　（著）童裝

11　工作服（business wear）

12　運動服（sports wear）

13　休閒服（leisure wear）

14　（穿）大學生便服（campus wear）

15　（求職時的）服裝打扮（recruit fashion）

16　穿制服（uniform）

17　（著）套裝（suit）

18　（脫）上衣

19　夾克（jacket）

20　（穿）運動上衣（blazer）

21　運動〔工作〕夾克（jumper）

22　皮夾克

23　連身衣褲（jump suit）

24　體育服（trainer）

25　運動長褲（training pants）

26　毛衣（sweater）

27　羊毛衫（cardigan）

28　（脫）外套（coat）

29　雨衣（raincoat）

30　大衣（overcoat）

31　風衣（anorak）

32　（穿）防寒夾克（down jacket）

33　穿 背心（vest，法語 jaque）

34　（穿）長袖衣服

35　短袖（襯衫）

36　馬球裝（polo shirt）

37　夏威夷衫（aloha shirt）

38　T恤

39　寬鬆的長褲（slacks）

40　牛仔褲（jeans）

41　（穿）牛仔褲（jeans pants）

42　內衣，襯衣

43　（穿）睡衣

44　（上下身分開的）睡衣（pajamas）

45　鞋子（shoes）

46　（穿）皮鞋

★美容・服装によく使われる色

1 1 アイボリー 5 2 ブラウン 10 0 カーキ色

2 2 クリーム〔0 ク 6 0 小麦色

  リーム色〕   7 1 ピンク〔0 ピン 11 4 モス・グリーン

3 0 ベージュ〔0   ク色〕

  ベージュ色〕 8 4 ワインレッド 12 0 水色

                 13 4 マリンブルー

4 1 セピア〔0 セピ 9 2 オレンジ〔0 オ 14 1 パープル

  ア色〕   レンジ色〕 15 2 グレー

★服装によく使用される柄・模様

1 1 無地   4 0 水玉〔5 水玉模 5 0 花柄、5 花柄模様

2 1 チェック   様〕   6 5 唐草模様

3 3 ストライプ

★服装によく使われる衣料・材質

1 0 木綿〔1 コット 4 2 麻   8 1 デニム

  ン〕   5 1 ウール〔0 羊毛〕 9 0 化繊

2 1 シルク〔1 絹〕 6 0 純毛

3 1 ニット   7 1 レザー〔2 革〕

★常用於美容、服裝的顏色

1 象牙色〔ivory〕　　5 棕色，褐色〔brown〕　10 卡其〔khaki〕色，土
2 奶油〔cream〕色　　6 黃褐色　　　　　　　　黃色
　　　　　　　　　　　7 粉紅色〔pink〕　　　11 苔綠色，淺黃綠色
3 米色，淺茶色　　　　　　　　　　　　　　　〔moss green〕
　〔beige〕　　　　　8 深紅色，暗紅色　　12 淺藍色
　　　　　　　　　　　〔wine red〕　　　　13 海藍色〔marine blue〕
4 深褐色〔sepia〕　　9 橙黃色，橘色　　14 紫色〔purple〕
　　　　　　　　　　　〔orange〕　　　　　15 灰色〔gray〕

★常用於服裝的花紋、圖案

1 素色，沒有花紋　　4 水珠圖案，圓點花　5 花紋、花樣圖案
2 格子花紋〔check〕　　 紋　　　　　　　　6 蔓藤花紋
3 條紋〔stripe〕

★常用於服裝的衣料、材質

1 棉花〔cotton〕　　　4 麻　　　　　　　　8 粗斜紋棉布〔denim〕
　　　　　　　　　　　5 羊毛〔wool〕　　　9 化學纖維
2 絲，綢〔silk〕　　　6 純毛
3 編織物〔knit〕　　　7 皮革〔leather〕

★美容・服装に関する形容語句
びよう　ふくそう　かん　　けいようごく

A　形容動詞
けいようどうし

1 ⓪機能的
き のうてき

2 ⓪行動的
こうどう

3 ⓪活動的
かつ

4 ②スポーティー

5 ②④エネルギッ
シュ

6 ①アクティブ

7 ①ラフ

8 ④ダイナミック

9 ①優雅
ゆう が

10 ②おしゃれ

11 ①エレガント

12 ②ドレッシー

13 ①シック

14 ②アダルト

15 ②しとやか

16 ③上品↔②下品
じょうひん　　　　げ

17 ①フォーマル↔
③インフォーマル

18 ④オーソドックス
〔⓪正統的〕
せいとう

19 ⓪前衛的
ぜんえい

20 ⓪奇抜
き ばつ

21 ⓪強烈
きょうれつ

22 ③アンバランス

23 ②不自然
ふ しぜん

24 ⓪大袈裟
おおげ さ

25 ⓪自然

26 ②無造作
むぞうさ

27 ②地味↔②派手
じ み　　　　は で

28 ③大胆
だいたん

29 ⓪印象的
いんしょう

30 ⓪個性的
こ せい

31 ①カラフル

32 ②賑やか
にぎ

33 ①ファッショナブ
ル

34 ③メタリック

35 ⓪①モダン

36 ⓪現代的
げんだい

37 ⓪斬新
ざんしん

38 ⓪新鮮
せん

39 ②ビビッド

40 ②フレッシュ

41 ⓪健康↔
けんこう
②不健康
ふ

42 ①ヘルシー

43 ⓪魅力的
みりょく

44 ①セクシー

45 ①きれい

46 ①スリム

47 ②スマート

48 ②しなやか

49 ①ソフト

50 ①メロー

—236—

★關於美容、服裝的形容語句

A 形容動詞

1 功能(性)的
2 行動(性)的
3 活動(性)的
4 華麗的(sporty)
5 精力旺盛的
　(德語 energisch)
6 積極的(active)
7 粗獷的(rough)
8 有生氣的(dynamic)
9 優雅的
10 愛美的
11 優美的(elegant)
12 講究的(dressy)
13 脫俗的(法語 chic)
14 成人的(adult)
15 端莊的，賢淑的
16 高尚的↔低俗的
17 正式的(formal)↔
　非正式的(informal)

18 正統的(orthodox)
19 前衛的
20 新奇的
21 強烈的
22 不均衡的(unbalance)
23 不自然的
24 誇大的
25 自然的
26 隨隨便便的
27 樸素的↔華麗的
28 大膽的
29 印象深刻的
30 有個性的
31 色彩鮮艷的(colorful)
32 熱鬧的
33 流行的(fashionable)

34 金屬的(metallic)
35 現〔近〕代的(modern)
36 現代的
37 嶄新的
38 新鮮的
39 活潑的(vivid)
40 清新的(fresh)
41 健康的↔不健康的
42 健康的(healthy)
43 有魅力的
44 性感的(sexy)
45 美麗的
46 苗條的(slim)
47 俏麗的(smart)
48 溫柔的
49 輕柔的(soft)
50 柔和的；圓潤的(mellow)

51 ①マイルド

52 ②ナイーブ

53 ③神経質
しんけいしつ

54 ⓪繊細
せんさい

55 ①③デリケート

56 ⓪微妙
び みょう

57 ⓪絶妙
ぜつ

58 ⓪素敵
す てき

59 ②華やか
はな

60 ⓪高級
こうきゅう

61 ①高度
ど

62 ⓪粋↔①野暮
いき　　や ぼ

63 ⓪平凡
へいぼん

64 ⓪単調
たんちょう

65 ④ワンパターン

66 ⓪単純
じゅん

67 ⓪素朴
そ ぼく

68 ⓪簡単
かん

69 ①シンプル

70 ⓪基本的
き ほんてき

71 ⓪一般的
いっぱん

72 ①ポピュラー

73 ⓪①無難
ぶ なん

74 ⓪消極的↔⓪積極的
しょうきょく　　　せっ

75 ⓪効果的
こう か

76 ⓪対照的
たいしょう

77 ⓪清潔
せいけつ

78 ⓪不潔
ふ

79 ⓪貧弱
ひんじゃく

80 ①リッチ

81 ①豪華
ごう か

82 ①質素
しっ そ

83 ②楽
らく

84 ⓪気軽
き がる

85 ①カジュアル

86 ⓪気楽
き らく

87 ①ざっくばらん

88 ①オープン

89 ⓪開放的
かいほう

90 ①窮屈
きゅうくつ

91 ⓪神秘的
しん ぴ

92 ③ミステリアス

93 ⓪不思議
ふ し ぎ

94 ①重宝
ちょうほう

95 ②不快↔⓪爽快
ふ かい　　　　そう

96 ②爽か
さわや

97 ⓪軽快
けい

98 ⓪憂鬱
ゆううつ

99 ②メランコリー

100 ①キュート

101 ⓪①可憐
か れん

102 ①チャーミング

103 ⓪魅惑的
み わく

104 ⓪官能的
かんのう

105 ⓪肉感的
にっかん

106 ②グラマー

107 ③エロチック

〔③エロティック〕

108 ③コケティッシュ

109 ⓪妖艶
ようえん

110 ③グロテスク

51 溫和的（mild）

52 天真的（naive）

53 神經質的

54 纖細的

55 優美的，纖細的（delicate）

56 微妙的

57 絕妙的

58 極好的

59 華麗的

60 高級的

61 高度的

62 瀟灑的↔庸俗的

63 平凡的

64 單調的

65 單一模式的（one pattern）

66 單純的；簡單的

67 淳樸的，樸素的

68 簡單的

69 簡易的（simple）

70 基本的

71 一般的

72 流行的（popular）

73 無可非議的

74 消極的↔積極的

75 有效的

76 對照的，對比的

77 清潔的

78 不乾淨的

79 貧弱〔貧乏〕的

80 富裕的（rich）

81 豪華的

82 質樸的

83 輕鬆的

84 輕鬆的

85 輕便的（casual）

86 輕鬆的

87 坦率的

88 敞開的（open）

89 開放的

90 拘束的

91 神秘的

92 神秘的（mysterious）

93 不可思議的

94 珍視的

95 不愉快的↔爽快的

96 清爽的

97 輕快的

98 憂鬱的

99 憂鬱的，悲傷的（melancholy）

100 聰明的，伶俐的（cute）

101 令人憐愛的；可憐的

102 迷人的（charming）

103 誘惑的

104 官能的；肉慾的

105 肉感的

106 迷人的（glamo(u)r）

107 色情的，好色的（erotic）

108 賣弄風情的（coquettish）

109 妖艷的

110 獵奇的，奇異的（grotesque）

111 ⓪醜悪
　　しゅうあく

112 ⓪滑稽
　　こっけい

113 ①ユーモラス

114 ⓪男性的↔⓪女性
　　だんせい　　　　じょ
　　的
　　てき

115 ⓪精悍
　　せいかん

116 ⓪①端正
　　　　たんせい

117 ⓪華麗
　　かれい

118 ②晴れやか
　　は

119 ①ゴージャス
　〔①豪華〕
　　　ごうか

120 ⓪華奢
　　きゃしゃ

121 ①優美
　　ゆうび

122 ①②小綺麗
　　　　こぎれい

123 ①清楚
　　せいそ

124 ①瀟洒
　　しょうしゃ

125 ⓪ハイカラ↔
　〔①②古風〕
　　　　こふう

126 ①クール

127 ③アンニュイ

128 ①ノーブル

129 ①ダンディー

130 ②③クラシック

131 ①レトロ
　〔④懐古趣味〕
　　　かいこしゅみ

132 ①ワイルド

133 ①ショッキング

134 ②穏やか
　　おだ

135 ①豊か
　　ゆた

136 ①粗末
　　そまつ

137 ③悪趣味
　　あくしゅみ

138 ⓪俗悪
　　ぞく

139 ⓪陰気↔⓪陽気
　　いんき　　　よう

140 ④中途半端
　　ちゅうとはんぱ

141 ②場違い
　　ばちが

142 ④自由奔放
　　じゆうほんぽう

143 ⓪個性的
　　こせいてき

144 ②ユニーク

145 ⓪独特
　　どくとく

146 ②オリジナル

147 ⓪多彩
　　たさい

148 ①高価↔
　　こうか
　　①安価
　　　あん

149 ④エキゾチック

150 ⓪曖昧
　　あいまい

151 ①⓪淡泊↔⓪濃厚
　　　　たんぱく　　のうこう

152 ⓪鮮明
　　せんめい

153 ⓪鮮烈
　　れつ

154 ①奇妙
　　きみょう

155 ③風変わり
　　ふうが

156 ⑥エキセントリッ
　　ク

157 ①無惨
　　むざん

158 ①みじめ

159 ①ハンサム

160 ①ハッピー

161 ⓪健全↔②不健全
　　けんぜん　　　ふ

162 ④ボ ディー コン
　・・・　・
　　シャス
　〔⓪ボディコン〕

163 ④スタイリッシュ

164 ①ビューティフル

165 ⓪紳士的
　　しんし

166 ①気障
　　きざ

167 ④③贅沢
　　ぜいたく

—240—

111 醜惡的

112 滑稽的

113 幽默的（humorous）

114 男性（化）的↔女性（化）的

115 精悍的

116 端正的

117 華麗的

118 華麗的

119 豪華的（gorgeous）

120 窈窕的，苗條的

121 優美的

122 整潔的

123 清秀的

124 瀟灑的

125 時髦的（high-collar）↔古式的

126 冷靜的（cool）

127 倦怠的（法語 ennui）

128 高貴的（noble）

129 服裝時髦的(dandy)

130 古典的（classic）

131 復古的（法語 rétro）

132 野蠻的（wild）

133 令人震驚的（shocking）

134 安穩的

135 豐富的

136 不精緻的

137 不良嗜好的

138 低俗的

139 陰鬱的↔爽朗的

140 半途而廢的

141 不合時宜的

142 自由奔放的

143 有個性的

144 獨特的（unique）

145 獨特的

146 獨創的（original）

147 多采多姿的

148 昂貴的↔便宜的

149 異國情調的（exotic）

150 曖昧的

151 淡泊的↔濃厚的

152 鮮明的

153 鮮明強烈的

154 奇異的

155 與眾不同的

156 古怪的（eccentric）

157 悽慘的；殘酷的

158 悲慘的

159 英俊的（handsome）

160 快樂的（happy）

161 健全的↔不健全的

162 展現軀體美的服飾思潮（body conscious）

163 時髦的（stylish）

164 美麗的（beautiful）

165 紳士的

166 華麗的；高傲的

167 浪費的，奢侈的

168 ④⓪控え目
ひか　め

169 ①貧相
ひんそう

170 ⓪大柄↔⓪小柄
おおがら　　こ

171 ②トラッド

172 ①⓪淫ら
みだ

173 ①H
エッチ

174 ①シャイ

B　形容詞
けいようし

1　⑤女らしい↔
　　おんな
　　⑤男らしい
　　おとこ

2　⑤可愛らしい
　　かわい

3　④素晴らしい
　　すば

4　④夏らしい
　　なつ

5　⑥若者らしい
　　わかもの

6　⑤汚らしい
　　きたな

7　④いやらしい

8　⑤若々しい
　　わかわか

9　⑤美しい
　　うつく

10　⓪優しい
　　やさ

11　④ふさわしい

12　④大人しい
　　おとな

13　⑤みずみずしい

14　⑤すがすがしい

15　⑤重苦しい
　　おもくる

16　⑤暑苦しい
　　あつ

17　⑤女っぽい↔
　　⑤男っぽい

18　⓪⑤子供っぽい↔
　　こども
　　⑤大人っぽい

19　④色っぽい
　　いろ

20　④白っぽい
　　しろ

21　⑤田舎っぽい
　　いなか

22　⑥格調高い
　　かくちょうたか

23　④カッコいい
　　〔⑤かっこういい〕

24　②ナウい↔
　　②ださい

25　⑤田舎臭い
　　くさ

26　④古臭い
　　ふる

27　⑤みっともない

28　⑤カッコ悪い
　　わる
　　〔⑥かっこう悪い〕

29　④だらしない

30　④じじ臭い

31　⑥年寄り臭い
　　としよ

32　②冴えない
　　さ

33　④ぎこちない↔
　　④さりげない

34　④何気ない
　　なにげ

35　⑤初々しい
　　ういうい

36　⓪明るい↔⓪暗い
　　あか　　　くら

37　②淡い↔①濃い
　　あわ　　　こ

38　⑥印象深い
　　いんしょうぶか

39　⑤動きやすい↔
　　うご
　　⑤動きにくい

40　③着やすい
　　き

41　④はきやすい

42　①センスがいい↔
　　①センスが悪い

168 摚節的，謹慎的　171 傳統（紳士）服的　173 好色的

169 窮酸相的　　　　　　（traditional）　174 腼腆 的，害 羞 的

170 大花紋的↔小花　172 淫亂的　　　　　　（shy）

　　紋的

B　形容詞

1 像女人的↔　　　17 有女人味的↔　　29 邋遢的

　　像男人的　　　　　有男人味的　　　30 老頭味的

2 可愛的　　　　　18 孩子氣的↔　　　31 老氣橫秋的

3 很棒的　　　　　　大人氣的　　　　32 掃興的

4 像夏天的　　　　19 妖艷的　　　　　33 不自然的↔

5 像年輕人的　　　20 帶白色的　　　　　泰然自若的

6 骯髒的　　　　　21 有鄉下味道的　　34 若無其事的

7 下流的　　　　　22 高格調的　　　　35 天真無邪的

8 朝氣蓬勃的　　　23 好看的，帥氣的　36 明亮的↔黑暗的

9 美麗的　　　　　　　　　　　　　37 淡的↔濃的

10 溫柔的　　　　　24 現代的↔　　　　38 印象深刻的

11 相稱的　　　　　　　落伍的　　　　　39 容易活動的↔

12 溫順的　　　　　25 土裏土氣的　　　　不易活動的

13 嬌嫩的　　　　　26 舊式的　　　　　40 容易穿著的

14 清爽的　　　　　27 難看的　　　　　41 好穿的

15 不舒暢的　　　　28 不好看的　　　　42 感覺很好的↔

16 悶熱的　　　　　　　　　　　　　　　感覺不好的

43 ⑥着心地がいい
きごこち

44 ⑥相性がいい
あいしょう

45 ③デザインがいい

46 ②スタイルがいい

47 ⓪ぱっとしない

48 ⑤艶めかしい
なま

49 ④艶っぽい
つや

50 ③可愛い
か わい

51 ④愛らしい
あい

52 ④憎らしい
にく

53 ⑤憎たらしい

54 ⑤毒々しい
どくどく

55 ④面白い
おもしろ

56 ③おかしい

57 ⑤痛々しい
いたいた

58 ②惨い
むご

59 ④浅ましい
あさ

60 ③⓪卑しい
いや

61 ⑤⓪みすぼらしい

62 ④情け無い
なさ な

63 ⑤むさ苦しい
くる

64 ⑤⓪薄汚い
うすぎたな

65 ④⓪①小汚い
こぎたな

66 ④見苦しい
みぐる

67 ③醜い
みにく

68 ⑤奥床しい
おくゆか

69 ③凛々しい
りり

70 ⑤弱々しい
よわよわ

71 ④逞しい
たくま

72 ⑤男臭い
おとこくさ

73 ④汗臭い
あせ

74 ⑤不良っぽい
ふりょう

75 ⑤ヤクザっぽい

76 ⓪きつい

77 ④いかめしい

78 ⑥ひとなつっこい

79 ④好ましい
この

80 ⑤心憎い
こころにく

81 ④慎ましい
つつ

82 ⑤鬱陶しい
うっとう

83 ⑤⓪煩わしい
わずら

84 ⑥面倒臭い
めんどう

43 穿起來舒服的　　57 心疼的，可憐的　　71 魁梧的，健壯的

44 投緣的　　　　　　58 悽慘的　　　　　　72 有男人體臭的

45 設計很好的　　　　59 卑鄙的；悲慘的　　73 有汗臭味的

46 款式很好的　　　　60 襤褸的　　　　　　74 有不良少年傾向的

47 不吸引人的　　　　61 寒酸的　　　　　　75 有流氓氣息的

48 艷麗的　　　　　　62 無情的；可悲的　　76 緊的，吃重的

49 美艷的，光澤的　　63 骯髒的，簡陋的　　77 嚴肅的

50 可愛的　　　　　　64 有點髒的　　　　　78 不怕生的

51 可愛的　　　　　　65 不太乾淨的　　　　79 理想的

52 非常討厭的　　　　66 難看的　　　　　　80 好得令人嫉妒的

53 可憎的　　　　　　67 醜的　　　　　　　81 樸素的

54 惡毒的　　　　　　68 優雅的　　　　　　82 鬱悶的

55 有趣的　　　　　　69 威風凜凜的　　　　83 繁雜的

56 奇怪的；可笑的　　70 軟弱的，單薄的　　84 麻煩的

C 副詞及びその他
ふく し およ　　　た

1 ③ぴったり

2 ③ゆったり

3 ③すっきり

4 ③しっとり

5 ①きびきび

6 ③生き生き
い　い

7 ②きりっと

8 ②きちんと

9 ①⓪はっと

10 ⓪溌剌とした
はつらつ

11 ⓪さっそうとした

12 ⓪落ち着いた
お　つ

13 ⓪洗練された
せんれん

14 ⓪いかした

15 ⓪ピカピカの

16 ⓪バリバリの

17 ②太っている↔
ふと
⓪痩せている〔(俗
や
語)①デブ↔
ぞく　　　　　　　こ
⓪①痩せ〕
や

18 ③すらりとした

19 ②ぱりっとした

20 ①ピチピチした

21 ③目がぱっちりし
め
た

22 ④こじんまりした

23 ④ひきしまった

24 ①背が低い↔
せ　ひく
①背が高い
たか
〔(俗語)①ちび↔
①のっぽ〕

25 ③大根足
だいこんあし

26 ①⓪美人
び じん

27 ⓪別嬪(さん)
べっぴん

28 ①美女↔①美男
び じょ　　　　なん

29 ⑤大和撫子
やまと なでし こ
(清らかで美しく
きよ　　　　うつく
て優しい日本女性
やさ　　　に ほんじょせい
の美称)
び しょう

30 ②不美人
ふ び じん

31 ①(俗語)ブス↔②

醜男
ぶ おとこ

32 ②美男子
だん し

33 ③色男
いろおとこ

34 ④二枚目
に まいめ

35 ⑤三枚目
さん

36 ⓪童顔〔④ベビー
どうがん
フェイス〕

37 ⓪ぶりっ子
こ

38 ⓪かまとと

39 ⓪御転婆(娘)
おてん ば　むすめ

40 ⓪じゃじゃ馬(娘)
うま

41 ③ミーハー：「⑤
・・
みいちゃんはあ
・・
ちゃん」の略
りゃく

42 ③(俗語)頭がプッ
あたま
ツン(プッツンは
断線状態の意)
だんせんじょうたい　い

C 副詞及其他

1 合適地	18 身材苗條的	31 (俗語)醜女↔醜男
2 舒適地	19 嶄新整齊的	
3 清爽地	20 生龍活虎的	32 美男子
4 沈著地	21 大眼睛水汪汪的	33 美男子
5 敏捷地；活潑地		34 英俊小生
6 生動地	22 雅緻的	35 丑角，活寶
7 整齊地	23 緊繃的	36 娃娃臉(baby face)
8 整齊地	24 個子矮↔個子高	
9 突然地	〔(俗語)矮子↔	37 可愛做作的小孩
10 活潑的	長人〕	《 如松田聖子 》
11 氣宇軒昂的		38 假裝不知(的人)
12 沈著的	25 蘿蔔腿	39 野ㄚ頭
13 圓熟的	26 美人	40 潑婦
14 靈活運用的	27 美人，美女	41 庸俗的女孩：「みい
15 閃亮的	28 美女↔俊男	ちゃんはあちゃん」
16 積極的	29 日本女性	之略
17 肥胖↔	(清純美麗溫柔之	42 (俗語)秀逗(頭腦短
消瘦〔(俗語)胖子	日本女性的美稱)	路之意)
↔瘦子〕	30 難看的女人	

★いろいろな美人

1 ④素肌美人
すはだ
2 ④化粧美人
けしょう
3 ⑤整形美人
せいけい
4 ⑤健康美人
けんこう
5 ⑦八頭身美人
はっとうしん

6 ④電話美人
でんわ
7 ⑤日本語美人
にほんご
8 ⑤八方美人
はっぽう
9 ⑤新潟美人
にいがた
10 ④秋田美人
あきた

11 ③京美人
きょう
12 ④浴衣美人
ゆかた
13 ⑤湯上がり美人
ゆあ
14 ⑦平安朝美人
へいあんちょう
15 ⑤そばかす美人

★その他の美容表現
た　びようひょうげん

1 ⓪白髪染め
しらがぞ
2 ②⓪ふけ
3 ①にきび
4 ⓪しわ
5 ③そばかす
6 ⓪しみ
7 ⓪③ほくろ
8 ④一重まぶた
ひとえ

9 ④二重まぶた
ふた
10 ①えくぼ
11 ①⓪八重歯
やえば
12 ⑥切れ長の目
きながめ
13 ⓪③垂れ目
ため
14 ⓪顔立ち
かおだ
〔①マスク〕
15 ①⓪ルックスがいい

16 ⓪着こなし
き
17 ④シースルー
18 ④スキンケアー
19 ⑤ビューティーケ
アー
20 ⓪餅肌⇔⓪鮫肌
もちはだ　　さめ

アドバイス☞俗語は正式な場面では使わない方がいいと思います。もし
ぞくご　せいしき　ばめん　つか　ほう　おも
使う場合は十分注意しましょう。（自分に対して使うのはい
ばあい　じゅうぶんちゅうい　　　　　じぶん　たい
いですが、相手に対して使うと失礼になります。）
あいて　たい　　　　しつれい

—248—

★各種美人

1 天生麗質的美人	6 擅長電話應答的女孩	11 京都美女
2 化粧美人	7 日本話漂亮的女孩	12 浴衣美人
3 整形美人	8 八面玲瓏的人	13 出浴美人
4 健康美人	9 新潟縣美女	14 日本古典美人
5 身材勻稱的美人	10 秋田縣美女	15 雀斑美人

★其他的美容說法

1 染白頭髮	9 雙眼皮	16 善於穿著
2 頭皮屑	10 酒窩	17 透明服裝（see through）
3 青春痘，面皰	11 虎牙，暴牙	
4 皺紋	12 眼角細長的眼睛	18 皮膚保養(skin care)
5 雀斑	13 眼角下垂的眼睛	19 美容保養（beauty care）
6 黑斑	14 面貌，相貌(mask)	
7 黑痣		20 光滑細膩的皮膚↔ 乾而粗糙的皮膚
8 單眼皮	15 美貌，面貌姣好	

建　議：俗語在正式的場合不用為妙。如果使用時，應謹慎為宜。

　　　　（對自己使用無所謂，但對別人使用則失禮。）

43. 日本と日本人について

Q：日本をどう思いますか？

A：経済大国で生活水準が高く、優れた工業技術と伝統文化を持った素晴らしい国だと思います。

★関連表現

Q：日本についてどんなイメージを持っていますか？

A：1. 日本といえば先ず、桜と富士山を私は思い浮かべます。そして四季がはっきりしていて、とても景色の美しい国というイメージがあります。

　　2. 日本は清潔で治安もいいです。それに物が豊富で生活も便利で豊かです。でも物価が高く、社会的なストレスも強く、住みにくい……、そんなイメージを持っています。

43. 關於日本與日本人

Q：你覺得日本怎麼樣？

A：我覺得日本是經濟大國，生活水準很高，擁有優良的工業
技術和傳統文化，是一個了不起的國家。

★相關問答

Q：你對日本有什麼印象（image）？

A：1.說到日本，首先我會想起櫻花和富士山。其次的印象是日本
是個四季分明，風景非常美麗的國家。

2.日本整潔，治安又好。而且物質豐富，生活也便利、富裕。
但是物價昂貴，社會壓力強烈，不易居住……，我有這種印
象。

Q：日本人をどう思いますか？

A：1. 勤勉で責任感が強いと思います。

　　2. 辛抱強く、謙虚で真面目だと思います。

　　3. 仕事熱心で礼儀正しく、きれい好きだと思います。

　　4. 努力家で技術開発や品質向上にとても熱心だと思います。

　　5. 品質管理に厳しく、手抜きをしないので信頼感があります。

　　6. 集団帰属意識が強く、大変協調性があります。

　　7. 個人より全体の和を大切にする民族だと思います。

　　8. 団結心が強く、チームワークを重視する国民だと思います。

　　9. 会社や組織に対して強い忠誠心と連帯感を持っていると思います。

Q：你覺得日本人怎麼樣？

A：1. 我覺得日本人勤勉、責任感很強。

2. 我覺得日本人有耐性、謙虛而且認真。

3. 我覺得日本人工作熱心、禮貌周到、喜歡乾淨。

4. 我覺得日本人是肯努力的人，對開發技術或提高品質非常熱心。

5. 日本人對品管嚴格，不偷工減料，所以我很信任。

6. 日本人團體意識強烈，具有很高的協調性。

7. 我覺得日本人是重視整體和諧甚於個人的民族。

8. 我覺得日本人很團結，是一個重視團隊精神（team work）的國民。

9. 我覺得日本人對公司或組織擁有強烈的忠誠和歸屬感。

10. 時間や規則に厳しく、法律をよく守ると思います。

11. 交通規則をよく守ると思います。例えば信号を守り、きちんと横断歩道を渡ります。それに運転マナーもいいようです。

12. 日本人は公衆道徳をよく守ると思います。例えばちゃんと並んで順番を待ち、割り込みません。またゴミクズなどを投げ捨てる人も少ないようです。

13. 日本人は「譲り合いの精神」を持っていると思います。我先にと人を押し退けたりしないで席や順番、道などをさりげなく譲り合います。満員電車の時は別ですが。

14. 衛生観念が強く、とても清潔好きだと思います。

15. リッチで身だしなみもよく、センスがいいと思います。

16. 周囲によく気を配り、洗練された、キメの細かいサービスをすると思います。

17. 産業開発を進める一方で、環境保護にも力を入れて自然を大切にしていると思います。

10. 我覺得日本人嚴守時間、規則，而且非常守法。

11. 我覺得日本人很守交通規則。例如遵守號誌，規矩地過行人穿越道。而且駕駛道德似乎也不錯。

12. 我覺得日本人很守公共道德。例如一定按照順序排隊，不插隊。另外亂丟垃圾等的人似乎也很少。

13. 我覺得日本人具有「禮讓的精神」。不爭先恐後地推擠，會自然地互相讓座、讓人先請、讓路等。當然電車客滿時則另當別論。

14. 我覺得日本人衛生觀念很強，非常喜歡乾淨。

15. 我覺得日本人有錢、會打扮，具有審美意識。

16. 我覺得日本人很會顧及各方，做出圓熟、細膩的服務。

17. 我覺得日本人一方面進行產業發展，一方面又極力保護環境，重視大自然。

18. 花見や紅葉狩り、雪祭りなどが好きな日本人は風流で繊細
な感性を持っていると思います。

19. 日本人は、仏教的無常観から❶「もののあわれ」や❷「は
かなさ」に深い共感を覚え、❸「わび」、❹「さび」、❺「粋」
といわれる独特な美意識を持っていると思います。

メ　モ

❶平安時代に支配的だった美意識で、自然・人生・芸術などあらゆ
るものに触発されて生じる、しみじみとした情緒や哀感のこと。

❷移ろいやすく、跡形もなく消えやすいこと。脆くて長続きしない
こと。

❸茶道から生まれた美意識で、質素の中に豊かさと静けさを秘めた
深い味わいのこと。

❹俳諧で生まれた美意識で、閑寂とした枯淡の境地や趣のこと。

❺江戸時代の町人が作り上げた美意識で、気風や態度、容姿などが
とても洗練されていて、センスがいい様子。

18. 我覺得喜歡賞花、賞紅葉、雪祭等的日本人具有風雅、纖細的感受性。

19. 我覺得日本人由於佛教無常觀的影響，對❶「多愁善感」、❷「虛幻無常」產生深刻的共鳴，具有所謂❸「閑寂恬靜」、❹「古色古香」、❺「風流倜儻」之獨特的審美意識。

附　記

❶ 平安時代具支配性的審美意識，是一種被自然、人生、藝術等一切事物所觸發而產生之深邃幽遠的情緒或哀愁。

❷ 容易改變、容易消失得無影無蹤。脆弱而不持久。

❸ 由茶道衍生的審美意識，在質樸當中蘊藏著豐饒與靜謐的深長意味。

❹ 由俳諧衍生的審美意識，是一種閑寂枯淡的境界或情趣。

❺ 江戶時代商人所塑造的審美意識，風格、態度、姿容等非常圓熟，感覺敏銳的樣子。

注意☞面接の場では、日本人の面接担当者の心証を悪くするような言動は慎むべきですが、日本語の表現練習の為に敢えてここに日本人の悪いと思われるところを書き出してみました。内容によっては、日本人に限らず、他の国の人にも言えるようなところもあるかも知れませんが、皆さんはどう思いますか？

1．本音と建前が違い過ぎる。

2．面子にこだわり、見栄を張る。

3．意思表示が曖昧で誤解されやすい。

4．個人の人間性よりも外見や学歴、肩書きを偏重する。

5．謙譲語や婉曲的な言い回しが多く、気持をストレートに表現しない。

6．人前でお金のことにこだわるのは卑しく、みっともないという観念が強く、変に遠慮したり、恰好つけたりしては後で後悔する。

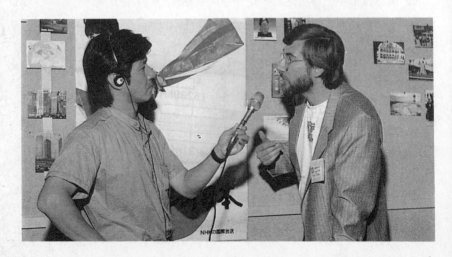

NHKの国際放送

注　　意：在面試的場合，像給負責面試的日本人不好印象的言行應該
　　　　　謹慎；但為了日語的表達練習，我們在此還是寫出日本人被
　　　　　認為不好的地方。就內容而言，不只限於日本人，說不定其
　　　　　他國家的人也有同樣的情形，不知各位認為如何？

1. 表裏太不一致〔真心話和場面話相差太遠〕。
2. 愛面子，講究排場。
3. 意思表示曖昧，易遭誤解。
4. 偏重外表、學歷或頭銜甚於個人的人品。
5. 謙讓語或委婉的措詞很多，不率直地表達心情。
6. 在人的面前拘泥於金錢是低俗、醜陋的這種觀念很強，然而異常
　　地客氣、打腫臉充胖子卻又在事後懊悔。

7. せっかちで神経質。

8. ゆとりがなく、こせこせしている。

9. 物質的には豊かだが、精神的に貧しい。

10. 英語が苦手で発音が悪い。でも文法に強い。

11. 日本人同士ですぐ固まり、閉鎖的になりやすい。

12. 島国根性が強く、グローバルな考え方ができない。

13. 主体性がなく、全体の意見やムードに流されやすい。

14. 自己主張の強い人やマイペースでやる人を敬遠する。

15. 日本文化は独特だから外国人には到底理解できないと思い込んでいる。

16. 群衆心理からすぐ人の真似をしたがり、他人と同じでないと不安を感じる。

17. 西洋指向が強く、アジアを蔑視し、馬鹿にする。

18. 白人コンプレックスが強く、西洋人には親切だがアジア人には冷たい。

7. 急躁而且神經質。

8. 心胸狹窄、過於挑剔。

9. 物質生活豐富，但精神生活貧乏。

10. 不擅長英語，發音差。但是文法很強。

11. 同是日本人馬上就聚在一起，容易造成封閉。

12. 島國根性強烈，無法產生世界性的（ global ）想法。

13. 沒有主見，容易受整體的意見或氣氛（ mood ）所左右。

14. 對於自我主張強烈的人或以自我步調（ 日製英語 my pace ）行動的人敬而遠之。

15. 深信日本文化獨特，外國人怎麼也無法理解。

16. 由於群眾心理的影響，馬上想要模仿別人，如果和別人不同，就會感到不安。

17. 崇洋心態強烈，輕視、侮蔑亞洲（ Asia ）。

18. 白人情結（ white complex ）強烈，對洋人親切，對亞洲人卻冷漠。

19. 形式ばっていて堅苦しい。

20. 規則優先で融通が利かない。

21. 義理や人情に縛られ過ぎて窮屈。

22. 会社や組織の為に個人や家庭を犠牲にする。

23. 先入観が強く、自由で柔軟な発想が出来ない。

24. ストイックで精神主義的なあまり「根性」や「気合い」などをやた

  ら強調し、それを強いる。

25. ストレス過剰で慢性的な欲求不満になっている。

26. わざわざ外国へ買春ツアーに出掛ける等、Hで嫌らしい。

27. 一人だと大人しくて謙虚だが、集団になると急に大胆で傲慢になる。

28. 「旅の恥はかき捨て」といって、海外でひんしゅくを買う人が多い。

19. 墨守成規，拘謹古板。

20. 規則擺在第一，不會變通。

21. 過度被人情世故所束縛放不開來。

22. 為公司或組織犧牲個人或家庭。

23. 先入為主的觀念很強，無法產生自由而彈性的想法。

24. 禁慾主義（ stoic ）、精神主義之餘，過分強調「骨氣」、「幹勁」等，並強迫實行。

25. 由於緊張（ stress ）過度而形成慢性的慾望不滿。

26. 特地到外國旅行買春等，好色而下流。

27. 要是一個人的話，就溫順而謙虛；要是團體的話，就突然變得大膽而傲慢。

28. 常言道「旅行出醜無所謂」，因此有很多人在海外的言行惹人討厭。

29. 心よりもお金やモノを大事にする。

30. 何事も金で強引に解決しようとする。

31. 信仰心が薄く、宗教的に無節操。例えば、初詣で・合格祈願は神社で、
盆・葬式はお寺で、結婚式は教会やホテルなどといったありさま。
また仏教徒なのにクリスマスを盛大に祝う反面、お釈迦様の誕生日
（4月8日）には無関心な人が多い。

32. 男尊女卑の観念が根強く、女性を差別している。

33. 最近は少ないが、まだ亭主関白で自分勝手な男性がいる。

34. センチメンタルで涙脆く、ムードに弱い。

35. 酒を飲むと平気で立小便をする。酔っ払いや酒の上での失言や過ち
にとても寛大な態度をとるし、またそれを期待する人が多い。

36. 戦争責任など過去の過ちに無頓着で、うやむやな態度をとる。

37. 現地の事情を無視して、無節操な買い占めや企業買収を行なう。

38. 海外の民主化運動や人権問題に対する国際世論を軽視して、露骨な
経済活動を続ける。

29. 重視金錢、物質甚於心靈。

30. 不管什麼事情都想用金錢強行解決。

31. 信仰薄弱，宗教上沒有操守。例如，新年首次參拜、祈求考試及格是上神社，中元節、葬禮是上寺院，結婚典禮則上教堂或飯店等。此外，有很多人是佛教徒卻盛大慶祝耶誕節（Christmas），相反地對釋迦佛的誕辰（四月八日）則毫不關心。

32. 男尊女卑的觀念根深柢固，歧視女性。

33. 最近雖然少了，但仍然有大男人主義、為所欲為的男人。

34. 多愁善感（sentimental）、動不動就掉眼淚，容易受氣氛（mood）感染。

35. 一喝酒就毫不在乎地隨便小便。有很多人對於酒醉或酒後失言、過錯採取相當寬大的態度，而且也期待別人對自己如此。

36. 對於戰爭責任等以往的過失毫不在意，採取曖昧的態度。

37. 無視當地的狀況，進行沒有道德的囤積或企業收購。

38. 輕視海外之民主運動、人權問題的國際輿論，持續囂張的經濟活動。

メ　モ

★日本人・日本社会に関するキーワード

1　⑨日本式企業管理

2　⓪ニッポン式経営

3　⑤貿易摩擦

4　①高度経済成長

5　⑤経済大国

6　⓪終身雇用制

7　⑨家族的労使関係

8　①運命共同体

9　⓪年功序列制

10　⑤経済進出

11　⑤経済侵略

12　⑦エコノミックアニマル

13　⑤モーレツ社員

14　④社員教育

15　④社内研修

16　⑥自己主張よりも「和の精神」

17　⑤連帯意識

18　⑩集団による意志決定

19　⓪稟議制

20　⑨職場の人間関係重視

21　③タテ社会

22　⑤官僚社会

23　②過労死

24　⑬同等同質安定指向

25　④金太郎アメ的

26　⑤重層文化

27　⑥無宗教国家

28　④⓪①和洋折衷

29　⑦本音と建前

30　②根回し

31　③大企業重視

32　⑨学歴偏重社会

33　④受験戦争

34　⑤教育ママ

35　⑧旺盛な知識欲

36　⓪本好き〔⓪読書好き〕

37　⑤島国根性

38　⓪排他的

39　④かかあ天下

40　④亭主関白

41　⑨男性中心社会

42　⑥マイホーム主義

43　①高度管理社会

44　⑥高齢化社会

附　記

★有關日本人、日本社會的術語

1 日本式企業管理
2 日本式經營
3 貿易摩擦
4 高度經濟成長
5 經濟大國
6 終身雇用制
7 家庭式的勞資關係
8 命運共同體
9 年資昇遷制
10 經濟投資
11 經濟侵略
12 經濟動物(economic animal)
13 幹勁十足的職員
14 公司職員教育
15 公司內部研習
16 「人和精神」重於自我主張

17 連帶意識，一體感
18 由團體來做意志決定
19 書面請示制
20 重視工作崗位的人際關係
21 （重視上下身分的）垂直社會
22 官僚社會
23 過勞死
24 同等同質穩定取向
25 日本社會的同質性，類似糖果每一部分的成份都是相同的
26 多層文化
27 無宗教國家

28 日西合璧
29 表裏不一
30 事先溝通
31 重視大企業
32 偏重學歷的社會
33 （激烈的）考試競爭
34 教育媽媽
35 旺盛的求知慾
36 喜歡閱讀

37 島國根性
38 排他性的
39 老婆當家
40 大男人主義
41 男性為中心的社會
42 （偏狹的）家庭至上主義
43 高度管理的社會
44 高齡化社會

45 治安優良大國

46 低犯罪率與高破
案率

47 神道

48 義理與人情

49 武士道

50 武士

51 切腹

52 重心集中於東京
的現象

53 炒地皮者

54 三K《「辛苦(苦
労)、危險(危険
きけん
)、骯髒(汚ない
きた
)」的工作，日語
的羅馬發音開頭
是「K」，日本年
輕人視其為畏
途》

55 股東會鬧場的人

56 (經濟的)結構性
蕭條

57 (外籍勞工的)不
法就業

58 (當)囮子《偽裝
顧客引誘旁人受
騙的商人》

59 企業獻金

60 打擊日本(Japan
bashing)

61 日圓升值美元貶
值

62 偏差值教育《升
學主義下以分數
判斷學生之價值
的教育》

63 性 騷 擾 (sexual
harassment)：「セ
クシュアルハラス
メント」之略

64 紅燈大家都在過就
不足為懼《引伸為
壞事大家都做，就
沒有罪惡感了》

65 自我(identity)的喪
失

66 外國人：對外國人
的歧視用語

67 (以)生活大國(為目
標)

68 凌虐人的社會

69 故意捏造的(影視節
目)

70 校園暴力

付 録
ふ ろく

面接の注意事項と心構え
めんせつ ちゅうい じこう こころがま

1．面接とは何か？先ず面接そのものをよく知る
なに ま し

ことが大切！
たいせつ

　　面接〔試験〕とは人材獲得の為、求人側の代表者〔採用担当者、面接官〕
　　　　しけん　　　　じんざいかくとく　　ため　きゅうじんがわ　だいひょうしゃ　さいようたんとう　　　めんせつかん

が直接、応募者〔受験者〕と会い、質疑応答での表情、言動などを通して
ちょくせつ　おうぼしゃ　じゅけんしゃ　あ　　しつぎおうとう　　ひょうじょう　げんどう　　　　とお

当人の人間性や実務能力を観察し、応募者の適性、つまり企業または組
とうにん　にんげんせい　じつむのうりょく　かんさつ　　　　　　てきせい　　　　きぎょう　　　　そ

織における現場適応能力や任務遂行能力を判断する為のものです。
しき　　　　　げんばてきおう　　　　にんむすいこう　　　はんだん

2．求人側の着眼点は何か？
ちゃくがんてん

　　A．面接官は、あなたの実務能力の程度と可能性を知りたいのです。そ
　　　　　　　　　　　　　　　　　　　　ていど　かのうせい

　　　　こで、あなたは何ができるか！　何が得意なのか！　具体的に述べ
　　　　　　　　　　　　　　　　　　　　　　とくい　　　　　ぐたいてき　の

　　　　る必要があります。ただ学歴、経験、資格、技能などを漠然と述べ
　　　　　ひつよう　　　　　　　がくれき　けいけん　しかく　ぎのう　　　ばくぜん

　　　　るだけでは面接官にアピールできません。

—270—

附　錄

面試之注意事項與心理準備

1. 何謂面試？首先要弄清楚面試的意義。

　　所謂面試就是為了獲得人才，招考單位的代表〔人事主管、面試主考官〕直接和應徵者〔應試者〕會面，透過發問應答的表情、言行等，觀察該人的人性、實務能力，以便判斷應徵者的性向，亦即在企業或組織中的現場適應能力或任務執行能力。

2. 招考單位的著眼點是什麼？

A. 面試主考官想知道你的實務能力程度和發展性。因此，你會什麼？
　　擅長什麼？有必要具體地加以陳述。光是空泛地陳述學歷、經驗、
　　資格、技能等是無法打動（ appeal ）面試主考官的。

例えば、

① 「語学が好きで英語もできます！」とか「学生時代から英語が得意でした！」ではダメです。あなたに英語力があるといっても、会話ができるのか、読み書きが得意なのか、または英文タイプや翻訳までこなせるのか、面接官にはよくわかりません。それに会社によっては、同じ社内でも簡単な日常会話ですむ部署から専門的で高度な語学力を必要とする部署まで様々なセクションがありますし、将来の配属にも関係する重要なポイントでもあります。

② 「以前の会社で何をしていましたか？」の質問にも、「貿易関係の仕事をしていました」だけでは、漠然としていてあなたの能力がわかりません。また、同じ業種でも会社によって業務内容が違う場合もありますから、詳しく述べる必要があります。「日本から輸入した医療器具の販売企画の仕事を担当し、注文書の作成から取引先との商談まで行ないました。文書の作成や接客には自信があります！」といったようにあなたの持てる能力と可能性をできるだけ具体的に、かつ積極的に面接官にアピールしましょう！

例如：

① 「我喜歡語學，也會英語。」或「我從學生時代起，就擅長英語。」的這種敘述是不行的。即使說你有英語能力，但面試主考官並不十分瞭解你是懂會話？還是擅長讀寫？或是連英文打字、翻譯都在行？而且由於公司的關係，即使是同樣的公司內部，也有各式各樣的部門（section），由只要簡單的日常會話即可的部門，到必須有專業性、高級外語能力的部門，因此你的敘述就關係到將來分配何種部門的一個重點。

② 對於「你在以前的公司是做什麼的？」之詢問，如果只回答「我從事貿易方面的工作」，那就模糊不清而無法瞭解你的能力。另外，即使是同樣的行業，也會因公司不同，而業務內容有所不同，所以有必要詳加敘述。如像「我擔任過自日進口醫療器材的銷售企劃工作，從訂單的作成到和客戶接洽生意，對文件處理或接待客戶有信心。」一樣，儘量具體而且積極地把你所擁有的能力和發展性推銷（appeal）給面試主考官。

B. 求人側はあなたの能力とともに、人間性をも知りたいのです。そこで、先ず第一印象です。いくらあなたが有能でかつ勤勉であっても、初対面の印象が悪いと大きなダメージとなります。外観と態度には十分注意しましょう。

★容姿と服装

当日の面接にふさわしい、一般的、常識的な身だしなみは勿論ですが、あなたの志望する業種、職場に適応した身だしなみの演出があってもいいと思います。

例えば、

①一般事務関係職——堅実で几帳面なイメージを与える清楚で爽やかなものを選びます。派手な服装や厚化粧は禁物です。

②接客、販売、サービス関係職——華やかで明るく健康的で清潔感を与える服装、化粧法を考えます。地味過ぎたり、暗いイメージは避けましょう。

③企画、営業関係——行動的で個性的、そして若々しいものを選び、没個性的で陰気なムードのものは避けましょう。

④管理職関係——信頼感と安定感を与える重厚で落ち着いたものを。安っぽくて軽薄なイメージは禁物です。

B. 招考單位在想知道你的能力同時，也想知道品性。因此，最重要的是第一印象。不管你多麼有能力而且勤勉，初次見面的印象要是不好的話，將成為一大損失（damage）。因此得充分地注意外表和態度。

★儀容與服裝

適合面試當天的、一般的、合乎常情的服裝打扮是理所當然的，但服裝打扮要是刻意配合你所應徵的行業、工作單位也未嘗不可。

例如：

① 一般事務方面的職業——要選擇清爽的服裝打扮，以給人可靠、規矩的印象。忌諱華麗的服裝或濃粧艷抹。

② 接待客戶、銷售、服務方面的職業——可以考慮給人感覺華麗、明朗、健康、清潔的服裝或打扮。要避免過度的樸素或灰暗的印象。

③ 企劃、營業方面——要選擇行動性、有個性且朝氣蓬勃的服裝打扮，而避免沒有個性、陰沈氣氛的服裝打扮。

④ 管理職務方面——要選擇穩重、沈著的服裝打扮，以給人信賴感和安定感。忌諱令人瞧不起、輕浮的印象。

以上がワンポイント・アドバイスですが、基本的には清潔で信頼感を与えるものであればいいのです。しかし一般的には、画一的、非個性的で似たり寄ったりになりやすいので、あなたのセンスによる個性的な演出も一つの自己ＰＲだと思います。

3．自己ＰＲであなたの可能性をアピール！

本文の31章（p.150）を参照して、意欲的かつ個性的な自己ＰＲを演出しましょう！　でも、

内容のない、白々しい自己ＰＲは逆効果！

わざわざ自己ＰＲをしなくても、質疑応答の中で、あなたの積極性や向上心が発揮されればいいのです。しかし、そういうものが何もないのに面接の終わり際に突然、「私には積極性があります！」「何でもチャレンジします！」などと自己ＰＲ文を念仏のように唱えても空々しく、ナンセンスで逆効果です。

以上是重點提示（one point advice）。基本上只要給人感到清潔、信任即可。然而一般說來，劃一性的、非個性的，易造成近似，因此由你的感覺（sense）來做有個性的服裝打扮也是一種自我宣傳。

3. 以自我宣傳來推銷你的發展性！

參照本書的31章（第 150 頁），來做積極而且有個性的自我宣傳吧！然而，

沒有內容、睜眼說瞎話的自我宣傳將招致反效果！

即使不刻意地自我宣傳，而在發問應答之中，只要能夠發揮你的積極性或上進心也就可以了。但是，明明沒有這種積極性或上進心，卻在面試終了之際，突然像唸佛一樣把自我宣傳高喊成「我有積極性！」「任何事我都會挑戰（challenge）！」等，則是睜眼說瞎話、胡言亂語（nonsense）而將招致反效果。

面接官に嘘は通じない！
めんせつかん うそ つう

　面接官は人事担当者として、人材獲得のために様々な多くの人に会い、
採用した人々のその後の動向にも詳しく、人生経験も豊富で、いわばそ
の道のプロです。それゆえ、応募者のたいていの嘘や誇張、見栄にも慣
れていて、鋭い鑑識眼を持っています。優れた自己ＰＲは、その人の能
力と人間性に裏打ちされた、客観的かつ的確で自然な表現から生まれま
す。つまり、あなたの実力と誠実さが肝心なのです。

　以上のことをよく踏まえて、あなたの自己ＰＲを是非成功させてくだ
さい！

４．応答と態度に要注意！
おうとう たいど ようちゅうい

　短い面接時間内で求人側の印象をできるだけ良くする為に、次の点に
注意しましょう。

Ａ．入室の際は、服装を正した後、入り口で会釈し、静かに入ります。

　　そして、定位置に来たところで面接官に一礼します。

對面試主考官撒謊是行不通的！

面試主考官是人事主管，為了獲得人才，和形形色色的許多人接觸過，對於錄用的人員，其往後的動向亦詳，人生經驗又豐富，可以說是面試專家。因此，習慣應徵者一般的謊言、誇張或門面，擁有一雙銳利的鑑識眼光。而卓越的自我宣傳是建立在該人的能力和品性上，由客觀且確切、自然的表達所孕育出來。也就是說，你的實力和誠實是重要的。

請好好地以上述諸點為基礎，無論如何要讓你的自我宣傳成功！

4. 應注意應答與態度！

為了儘量在面試的短時間內留給招考單位良好印象，得注意下列幾點。

A. 進入房間前，先整理好服裝，然後在門口點頭打招呼，再輕輕地進入。到了定位後，向面試主考官行個禮。

B. 面接官の指示を待って着席します。その際、室内をやたらキョロキョ

ロと見渡したり、何か落ち着かない態度はとらず、正面を向いてリ

ラックスするよう心掛けます。

C. 質問が始まったら、よそ見をしないで質問者を正視しながら、はっ

きりと礼儀正しく落ち着いた態度で応答しましょう！そして笑顔も

忘れずに！

　　また、面接の本番直前までに、履歴書の記入事項と想定質問をも

う一度整理しておきましょう。特に、

　　　ⓐ志望の動機

　　　ⓑ自己紹介

　　　ⓒ今後の生活設計

等は、重点的にチェックします。

D. 質問の内容、意味がよくわからない場合は遠慮しないで、すぐ「す

みません。もう一度おっしゃってくださいませんか？」または「恐

れ入りますが、もう一度お願いします」と必ず聞き返しましょう！

いい加減な生返事は禁物です。

E. 「はい」「いいえ」をハッキリ言うと同時に、「はい」「いいえ」だけ

の機械的な応答で終わらないようにしましょう！面接は街頭アン

ケートではありません！履歴書に書いてあることでも面接官はあな

たの生の表現力を試しているのです。でも冗長な表現はいけません！

あくまでも簡潔に要領よく、きびきびと答えましょう！

B. 待面試主考官指示後就座。此時得留意不要胡亂東張西望地環視室內，或做出某些不穩重的態度，要面向前方，放鬆心情。

C. 詢問開始時，不要左顧右盼，要正視發問者，以清楚、有禮、沈著的態度回答。並且不要忘記面帶笑容。

　　另外，在正式面試之前，要再度整理一下履歷表所填寫的事項和假想的問題。尤其是，重點式地檢討

　　ⓐ 應徵的動機

　　ⓑ 自我介紹

　　ⓒ 今後的生活設計

等。

D. 如果不十分瞭解詢問的內容、意思，不要客氣，務必要立刻反問「對不起，可否再說一遍？」或是「很抱歉，拜託再講一次！」不可馬馬虎虎的答覆。

E. 在明確地說「是」「不」的同時，不可光用「是」「不」的機械式回答來作結束。面試並不是街頭的問卷調查（法語 enquete ）。雖然已寫在履歷表上，但面試主考官就是要試試你現場的表達能力。不過冗長的表達是不行的。一定要簡潔、得體而爽快地回答。

F. 「えー」「えーと」「あのー」「そのー」「うーん」「そうね……」「あのね……」「……ね」等は面接では耳障りに聞こえますから要注意！不意な質問や難しい質問には「そうですね……」「何といいますか……」で応対しながら、すばやく考えをまとめます。

また、どうしても答えられない場合や答えにくいときは、苦しそうに口ごもるより、「残念ですが、日本語でうまく言えません。(中国語で話してもいいでしょうか?)」または「申し訳ありませんが、その点は知識不足で、よくわかりません」などと、素直に答えるほうが賢明です。

G. あまり敬語にこだわらず、簡潔な表現で丁寧に話すように心掛けましょう。敬語の使い過ぎは聞きづらく、またわかりづらくて、相手に対し逆効果を与えます。

「〜は〜です」「〜は〜ます」のように、「です・ます」体で語尾をハッキリ言うことが大切です。

H. 面接が終わったら「どうもありがとうございました」と一礼します。そして静かに席を立ち、「失礼します」と言ってから、入室の時と同じ要領で退室します。

F. 「啊…」「這個…」「那個…」「嗯…」「是啊…」「喂…」「…哪」等在面試時聽起來刺耳，要注意！對於突然的詢問或困難的問題，要一邊以「讓我想想……」「怎麼說呢？……」來因應，一邊迅速地歸納思緒。

另外，無論如何也無法回答或難以回答時，與其結結巴巴地說不出來，不如坦率地說「很遺憾，我無法適切地以日本語回答。（我可以用中國話來說嗎？）」或是「很抱歉，這一方面我知識不夠，不十分瞭解。」等，這才是上策。

G. 留意不要太拘泥於敬語，要以簡潔的表達方式禮貌地敘述。敬語的過度使用，難聽又難懂，會給對方反效果。

以「です、ます」體，像「～は～です」「～は～ます」一樣，清楚地說出語尾是重要的。

H. 面試結束時，要行禮說「謝謝」。然後輕輕地離席，說一聲「告辭」後，與進入房間時同樣的要領退出室外。

5. 応募先の研究

面接の予備知識として、志望する会社〔学校〕の概要——歴史、経営者、創始者の名前、事業内容、将来性、評判などの情報を収集し、あらかじめ把握しておく必要があります。

6. 面接直前のチェックポイント

A. 容姿と服装

①髪は整っているか？

②爪、ヒゲは伸びていないか？

③ボタンがとれていないか？

④襟元はきれいか？

⑤ネクタイがゆるんでいないか？

⑥靴が汚れていないか？

⑦顔色は良いか？

前日から体調を整え、夜更かしは避けましょう。

5. 應徵機構之研究

　　有必要蒐集、事先掌握應徵之公司〔學校〕的概要——歷史、經營者、創始者的姓名、事業內容、發展性、風評等資訊，以便作為面試時的預備知識。

6. 面試之前的注意要點

A. 儀容與服裝

　　① 頭髮是否整齊？

　　② 指甲、鬍子是否過長？

　　③ 鈕釦（button）有沒有掉落？

　　④ 衣領是否乾淨？

　　⑤ 領帶有沒有繫好？

　　⑥ 鞋子有沒有髒？

　　⑦ 臉色是否良好？

　　前一天起就要養好精神體力，避免熬夜。

B．履歴書の記載事項の確認

①両親の年齢〔生年月日〕

②趣味、志望動機

③学歴、職歴

④技能、諸資格等

もう一度チェックしましょう。

——『週刊正社員ＪＯＨＯ』（関西版）

1988年1/21号の本文を基に加筆・再構成

B. 確認履歷表的記載事項

要再度確認：

① 父母親的年齡〔出生年月日〕

② 興趣、應徵動機

③ 學歷、經歷

④ 技能、各項資格等

——以『週刊正社員JOHO』（關西版）

1988年1/21號之內文為依據而修改完成

こんな質問に要注意！

「今日、朝ごはんを食べましたか？」

これは、日本のハンドバッグ小売会社「イノウエ」で人事を担当する稲石章三課長が女性の応募者に必ず聞く質問です。稲石さんによると、

「特に最近の若い女性はダイエットの為か、寝坊して時間がないせいか、または単に面倒臭いだけなのか、よくわかりませんが、わりと朝ごはんを食べない人が多いようですね。しかし私ども事務職の場合、午前は9時半出社で12時半まで何かと忙しい業務をこなさなければなりません。普通の元気な若い女性が朝食を取らないで、この3時間を正常に過ごすことができるでしょうか？または我慢できるでしょうか？朝食抜きだとどうしても集中力が鈍り、午前中の仕事の効率が上がらないように思えますし、第一、健康や精神衛生にも良くないと思います」

確かにそのとおりだと思いますが、稲石さんがこの質問をすると、「えっ！どうしてそんなことをわざわざ聞くのかしら……」という表情の女性が多いそうです。これでは、「仕事に対する姿勢、熱意が感じられませんし、健康管理への関心度も低いとも判断されやすい」と、稲石さ

應注意這樣的問題！

「今天，吃早餐了嗎？」

　　這是在日本的手提包（handbag）零售公司「井上」，擔任人事的稻石章三課長對女性應徵者一定詢問的問題。根據稻石先生的說法是：

　　「特別是最近的年輕女性不知道是為了節食，還是早上起得晚沒有時間，或是單純地只是怕麻煩，比較上不吃早餐的人似乎很多。然而我們這種事務性的工作，早上九點半到公司一直到十二點半，必須處理種種繁忙的業務。一般健康的年輕女性不吃早餐，能否正常地度過這三個小時呢？或忍耐得住呢？我認為沒吃早餐的話，全神貫注的力量就會減退，整個上午的工作效率就無法提高，而且最重要的是對健康或精神衛生也不好。」

　　的確如其所言，稻石先生問這個問題時，據說有許多女性的表情是「咦！為什麼特別問這種問題呢？……」針對這點，稻石先生說「這些女性讓人感受不到她們對工作的態度、熱忱，而且也容易被判斷為對健

んは言います。自分の健康管理ができないということは自己管理ができないも同然で、社会人としての自覚に欠けていると言えるでしょう。

　朝食はもとより、自分の健康管理には普段から十分気を付けましょう。

　そこで、もし同様の質問を受けあなたが当日、急いでいて朝食抜きだったら——

　「今朝は何かと忙しく、充分に朝食をとることができませんでしたが、普段はしっかり食べています」

——というような感じでさりげなく、かわしたいところです。

——リクルート出版『とらばーゆ』（1988年1／22号）から抜粋

康管理的關心程度不夠。」不能管理自己的健康就等於是無法自我管理，這種人可以說是欠缺身為社會人士的自覺。

早餐要吃自不待言，對自己的健康管理從平常起就要多加留意！

因此，如果你被問到同樣的問題，而那一天又是匆匆忙忙沒吃早餐時，希望你以這樣的答法若無其事地加以招架。

「今天早上有點匆忙，沒辦法好好吃早餐，不過平常都有好好吃的。」

——本文摘自リクルート出版的『とらばーゆ』（1988年1/22號）

面接官の本音
めんせつかん　ほんね

―こんなタイプは要らない！
い

1. 夢のない「若年寄り」はダメ！大いに熱意をＰＲして欲しい。
ゆめ　　　わかどしよ　　　　　　　おお　　ねつい　ピーアール　ほ

―――既製服メーカー・総務部長
きせいふく　　　そうむぶちょう

「話をしていても若いのに全く夢がない、という人がいますね。何
はなし　　　　　　　わか　　　　まった　ゆめ　　　　　　　　ひと　　　　　　　なに

を質問してみても、『ええ……』とか『まあ……』とかいった答えし
しつもん　　　　　　　　　　　　　　　　　　　　　　　　　　　　　こた

か返ってこない。そんな人に限って、それまでの仕事の中で、また
かえ　　　　　　　　　　ひと　かぎ　　　　　　　　　しごと　なか

それ以前の学生時代においても、熱中したものを何も持っていない。
いぜん　がくせいじだい　　　　　　　ねっちゅう　　　　　　なに　も

そんな人に入社してもらっても、何をやってもらったらいいのか、
ひと　にゅうしゃ

こちらが困ってしまいます。別に『将来は絶対に社長になる！』な
こま　　　　　　　　べつ　しょうらい　ぜったい　しゃちょう

んて大言壮語する必要はないが、若者らしい夢とヤル気をせっかく
たいげんそうご　ひつよう　　　　　わかもの　　　ゆめ　　　き

の面接の場なんだから大いにＰＲして欲しい。ほとばしるほどの熱
ば　　　　　　　おお　　　　　　ほ

意がないと、やはり『ぜひ欲しい！』という気になれません」

—292—

面試主考官的眞心話

——這種類型的人不錄用！

1. 沒有理想的「未老先衰型」是不行的！希望好好地宣傳一下你的熱忱！

——成衣廠商・總務經理

「有人說話明明年輕卻一點理想都沒有。問他什麼問題，也只會回答「是的……」或「嗯……」。特別是這種人，他在過去的工作當中，或是以前的學生時代，沒有熱中過任何一件事物。如果讓這種人進入公司的話，要讓他做什麼事，我們也很傷腦筋。雖然沒有必要大言不慚的說「我將來一定要當總經理！」但在這種難得的面試場合，則希望你好好地宣傳一下年輕人的理想和幹勁。要是你沒有像迸出般的熱忱，我仍然不會有『無論如何要用你！』的想法。」

2.「長続きしそうにない」と思われてはダメ。

――外食企業・採用担当

「我々、人材募集担当員としては、せっかく採用したのにすぐ辞められる――これを一番恐れます。だから重要視するのは何よりも応募動機です。これが曖昧だったりトンチンカンだったりすると、『もう結構です……帰ってください！』と思ってしまいます。

　実際にいたんですが、なぜ外食産業を志望したのですか――と聞くと、『食べ物が好きだから』と答えた人がいました。まあ、それでもいいといえばいいんですが、当方としては、もっと仕事をビジネスとして考えていただきたいですね。また当社を選んだ理由について『他にいいところがなかったから』という人もいました。

　社風に合わないというより適性以前の問題で、『これじゃ長続きはしないな』と、誰だって思いますよね。ウチで頑張ってくれそうだ――担当者にこう思わせることは、何より大切な条件じゃないでしょうか」

2. 不要被人認為「好像幹不了多久」。

——餐飲業 · 人事主管

「我們作為人才募集人員的，好不容易才錄用一個人，不久他卻辭職了。——這是我們最怕的。因此我們最重視的是應徵動機。如果應徵動機曖昧或前後不符，我們心裏就會想『夠了……請回去吧！』

實際上就有這樣的人，我們問他為什麼應徵餐飲業，他回答說『因為我喜歡食物。』這種回答固然無可厚非，但是站在我們的立場，則更希望他把工作看成商業（business）。另外關於選擇本公司的理由，也有人回答說『因為沒有其他好地方。』

這與其說是與公司的作風不合，不如說是性向適合與否的問題，因此誰都會認為『這樣子的話是幹不久的。』所以讓人事主管如此覺得——他好像能為我們公司賣命，是比什麼都重要的。」

3．履歴書の記載内容に信憑性がない人はダメ。

————建設会社・人事部次長

「履歴書や職務経歴書は、私達にとっては面接に先立っての本人に対する唯一の"とっかかり"です。それ故、面接に臨む前は面接担当は全員、何回も何回も目を通します。『こういう人なら、こんな質問をしてみよう』『これについてはどれくらいの専門知識があるのかな』といろいろ思いをめぐらすわけです。

　ところがいざ面接になると、趣味の欄に「読書」と書いてあるが好きな作家の名前は言えても作品名が挙げられない、そして３年もの職歴があるのに業界のことについて何にも知らない人がいます。

　こうなると『記載内容はウソ』と思わざるを得ませんね。誠実さに欠ける印象を与えては、あとの面でいくらカバーしても当社では不採用となります」

————『週刊正社員ＪＯＨＯ』（関西版）

1988年1／21号より抜粋

—296—

3. 履歷表記載內容不實的人不錄用！

——建設公司·人事部副理

「履歷表或職務經歷表，對我們而言，是在面試之前瞭解其本人的唯一"憑藉"。因此，在面試之前，負責面試的全體人員，要將其過目好幾遍。而在心中盤算『要是這樣的人，就問他這種問題看看！』『對於這個，他有多少專業知識呢？』

然而一旦到了面試的時候，有人在興趣欄上寫著「閱讀」，說得出喜歡的作家名字，卻列舉不出作品名稱；又，明明寫有三年的職務經歷，卻對該行業的事情一無所知。

這樣的話，我們只好認為他的『記載內容是虛偽的。』如果給人一種欠缺誠實的印象，那麼以後再怎麼掩飾（cover），本公司也不會錄用的。」

——本文摘自『週刊正社員ＪＯＨＯ』（關西版）

1988年1/21號

自叙伝の参考例
じ じょでん　　さんこうれい

自叙伝の参考例①

　私は陳皇志と申します。1968年（民国57年）2月7日、台中の豊原というところで生まれました。家族は両親と兄と妹と私の5人家族で現在、天母に住んでおります。

　台中にある光復小学校、衛道中学を経て、民国74年、台北の復興高校に進学、民国77年、東呉大学日本語学科に入学、今年の6月、卒業見込みです。専攻は近代日本文学で、好きな作家は夏目漱石です。大学で日本語を習い始めてから、次第に日本人と日本文化に強く関心を持つようになりました。学校の勉強以外にも、夏休みや冬休みを利用して、日本料理店やスーパーで働いたり、通訳や翻訳のアルバイトをしたりして、学校では学ぶことのできない貴重な経験を積みました。こうして学業に励む一方、バスケットボール部の選手としても活躍しました。また、学生会の副会長やクラス委員をつとめました。

　小さいころからスポーツやグループ活動が好きで、小学校時代はボーイスカウトの一員でした。中学時代はクラス委員の他に登山部の部長として忙しい毎日を送りました。高校時代は新聞部に入り、取材や記事作りの活動を通じて、自己表現の方法や対人関係のあり方を学びました。

自傳參考範例

自傳參考範例①

　　我叫陳皇志。1968 年（民國 57 年）2 月 7 日出生於台中的豐原。家中有父母親、哥哥、妹妹和我一共五個人，目前住在天母。

　　就讀過台中的光復小學、衛道中學，民國 74 年考進台北的復興高中，民國 77 年進入東吳大學日文系，預定今年六月畢業。主修是日本近代文學，喜歡的作家是夏目漱石。在大學裏開始學習日語之後，逐漸對日本人和日本文化深感興趣。除了學校的功課以外，也利用寒暑假在日本料理店、超級市場（suppermarket）工作，或兼差口譯、筆譯，累積了在學校學習不到的寶貴經驗。如此一來，不但在學業上愈來愈努力，而且也以籃球社的選手而活躍。此外，並擔任過學生會副會長和班級幹部。

　　從小開始就喜歡運動和團體活動，小學時代是童子軍（boy scout）的一員。中學時代除了當班級幹部以外，也擔任登山社的社長，每天生活忙碌。高中時代參加新聞社，透過採訪和編寫報導，學到了自我表達的方法和人際關係的道理。

おっちょこちょいが玉にキズですが、人付き合いがよく、積
極的で、人一倍責任感の強い努力家と自負しております。それ
にスポーツで体力を鍛えてきたので、どんなにハードな仕事に
も耐えられる自信があります。

　貴社のより一層の繁栄と躍進を祈りつつ、それに深く貢献し
たいと願う私に、是非一度面談のチャンスを与えてくださるよ
う心からお願い申し上げます。

1993年3月12日

陳　皇　志

心浮氣躁是美中不足的地方，但引以為傲的是：我是一個善於交際，積極的、責任感比別人更強的奮鬥者。而且以運動鍛鍊體力，因此不管多麼艱鉅的（hard）工作也有信心克服。

　　對於祈祝貴公司更加繁榮與進步，並衷心盼望為此作出深遠貢獻的我，務必賜予一次面談的機會（chance）。

　　　　　　　　　　　1993年3月12日

　　　　　　　　　　　　陳　皇　志

自叙伝の参考例②

私は潘麗花と申します。1973年（民国62年）10月3日、台北県の板橋市で生まれました。祖母と両親、姉と兄、そして妹と私の7人家族です。父は銀行員で母は小学校の先生をしています。教育熱心で厳格な父と心優しい母と祖母の御蔭で、兄弟ともに裕福とはいえませんが、平凡ながらも幸せな日々を送っております。

板橋の江翠小学校から民族中学に進みましたが、当時は音楽と習字が得意で何度か表彰されました。中でも中学2年の時、台北市の習字コンクールで銀賞をとり、とても感激しました。

1988年（民国77年）、民族中学を卒業後、語学が好きなことと就職に有利という考えから銘伝女子商業専門学校の商業文書科に進学しました。この6月に卒業見込みです。

銘伝の商業文書科では先生方の厳しい指導の下で英会話、英語による商業文と電報文の作成、コンピュータを使ったデータ処理、テレックス、毎分55字以上のタイプ処理など秘書として必要十分な知識と技能を身に付けました。更に選択科目として3年間、日本語を学びましたので、普通会話とある程度の読み書きができます。特に会話が好きで、日本人の先生の指導を熱心に受けました。以前から私は日本に深い関心を持っていまし

自傳參考範例②

　　我叫潘麗花。 1973 年（民國 62 年） 10 月 3 日出生於台北縣板橋市。家中有祖母、父母親、姊姊、哥哥、以及妹妹和我一共七個人。家父是銀行職員，家母當小學老師。多虧熱心教育之嚴格的父親以及慈祥的母親、祖母，我和兄弟姊妹們雖然過得不能說是富裕，但卻是平凡中有幸福的日子。

　　從板橋的江翠小學升學到民族國中。當時擅長音樂和書法，被表揚過好幾次。尤其是國中二年級時，在台北市的書法比賽中獲得銀牌獎，內心相當激動。

　　1988 年（民國 77 年）民族國中畢業後，基於喜歡語學以及利於就業的想法，考進了銘傳女子商業專科學校的商業文書科，預定今年六月畢業。

　　在銘傳商業文書科老師們的嚴格指導下，學會了當秘書必須具備的充分知識和技能，如英語會話、英文商用書信、電報作成、電腦資料處理、電傳以及每分鐘 55 個字以上的打字等。此外，由於選修了三年日語，所以一般會話以及某種程度的讀寫沒有問題。尤其是喜歡會話，曾熱心地接受過日本老師的指導。從以前開始我就對日本深感興趣，特別是被日本女性

たが、とりわけ日本女性の優雅さと伝統美に強く引かれます。

5年間の学生生活において私は勉強に励む一方、校内各種文化活動に参加し、いくつかの賞をいただきました。例えば、英語のスピーチコンテストでは2位、日本語の弁論大会では3位に、歌謡コンテストでは上位入賞したことがあります。

趣味も幅広く映画、音楽、読書、テニス、生け花、そして料理で、十八番は茶碗蒸しです。

顔とスタイルにはあまり自信がありませんが、人一倍の頑張り屋でチャレンジ精神も旺盛です。

社会経験のない私ですが、是非一度面談のチャンスをつくっていただきたく存じます。採用していただけましたら、誠心誠意職務を遂行し、御社の発展に少しでも貢献したいと願っております。

何とぞよろしくお願い申し上げます。

1993年3月10日

潘 麗 花

的優雅和傳統美強烈地吸引。

　　五年的學生生活當中，我除了努力求學之外，也參加校內的各種文化活動，獲得了一些獎賞。例如，曾經獲得英語的演講比賽（speech contest）第二名、日語的辯論比賽第三名、歌唱比賽第一名。

　　興趣廣泛，喜歡電影、音樂、閱讀、網球（tennis）、插花以及烹飪，拿手的好菜是蒸蛋。

　　對臉蛋和身材（style）雖然不太有信心，但我比別人更努力，挑戰精神也旺盛。

　　我雖然是個缺乏社會經驗的人，但務必賜予一次面談的機會。如蒙錄用，定當誠心誠意地執行職務，對貴公司的發展作棉薄的貢獻。

　　敬請多多指教。

1993年3月10日

潘　麗　花

自叙伝の参考例③
<ruby>自叙伝<rt>じじょでん</rt></ruby> <ruby>参考例<rt>さんこうれい</rt></ruby>

　はじめまして。私の略歴と自己紹介を申し上げます。私、

汪正仁（33）は、1960年、基隆市で生まれました。1982年、国

立海洋学院漁業科を首席で卒業した後、海軍に入隊。除隊後は、

先ず台湾省水産試験所資源科の研究員となり、その後英商太古

公司に入社して美洲航線の運務係を勤めました。しかし自分の

専門知識と語学力を生かしたいと思い、美商海運公司に入社。

以来4年間、業務に専念し、日本をはじめアジア各地を回り、

様々な貴重な経験と知識を積んで参りました。これらを踏み台

として今、さらに飛躍しようと、意欲に燃えております。

　私の長所は、積極的で粘り強く、好奇心旺盛なことです。そ

して目標に向かってコツコツ努力するタイプだと思います。

　短所はせっかちでそそっかしいことです。そのため、いつも

慌てずに、確認しながら行動するように心掛けております。

　趣味は語学です。学生時代、全校の英語スピーチ・コンテス

トで第2位に選ばれたこともあります。その後1984年には、教

育部の主催する日本留学試験に合格。台湾省水産試験所勤務時

代には、台湾省水産機構の発展を願い『水産養殖』という本を

中国語に翻訳しました。語学のほかに、写真、音楽、魚釣り、

そして卓球（かつて基隆市の代表選手に選ばれたことがありま

す）、水泳、テニス、スケートなども好きです。

自傳參考範例③

　　幸會！幸會！謹陳述本人的簡歷和自我介紹。我，汪正仁（三十三歲），一九六○年出生於基隆市。一九八二年以第一名的成績畢業於國立海洋學院漁業系之後，入伍海軍。退伍後，首先擔任台灣省水產試驗所資源科的研究員，後來進入英商太古公司擔任美洲航線的運務人員。不過，為了發揮自己的專業知識以及外語能力而進入了美商海運公司。四年來專心於業務，跑遍了日本等亞洲各地，累積了各種寶貴的經驗和知識。以這些經驗和知識為基礎，目前正充滿著鬥志，想要更上一層樓。

　　我的長處是積極、堅忍不拔、好奇心旺盛。並自認為屬於朝向目標埋頭苦幹型的。

　　缺點是性急、粗心大意。因此，我經常提醒自己要不慌不忙，先弄清楚再行動。

　　興趣是語言學習。學生時代曾在全校的英語演講比賽中獲得第二名。之後，在一九八四年，通過了教育部主辦的留日測驗。而在台灣省水產試驗所服務時，為了台灣省水產機構的發展，曾將『水產養殖』一書譯成中文。除了語言學習之外，還喜歡攝影、音樂、釣魚、以及桌球（曾經被選為基隆市的代表選手）、游泳、網球（tennis）、溜冰（stake）等。

好きな言葉は「誠実」、「中庸」です。

貴社のより一層の躍進と発展、並びに我が国の繁栄の為に、私、

汪正仁、全力を尽し、お役に立ちたいと心から願っております。

何とぞよろしくお願い申し上げます。

1993年4月3日

汪正仁

喜歡的話是「誠實」、「中庸」。

　　為了貴公司的更加進步與發展、以及我國的繁榮，我，汪正仁，衷心盼望能盡全力，有所貢獻。敬請多多請教。

　　　　　　　　　　　　　　　一九九三年四月三日

　　　　　　　　　　　　　　　　　汪　正　仁

履歴書の書き方と注意事項
りれきしょ　か　かた　ちゅういじこう

履歴書は大切な
たいせつ

あなたの「顔」です！
かお

　履歴書はあなたのもう一つの顔であり、履歴書の書き方に「あなたの
ひと
人柄」も表われます。自分の顔と人柄を正しく、美しく、そしてあなた
ひとがら　あら　　　　　　じぶん　　　　　　　　　　ただ　　　　　うつく
の誠意と熱意が相手に伝わるような履歴書を作成しましょう！
せいい　ねつい　あいて　つた　　　　　　　　　　　さくせい
☞巻末付録の特製履歴書をご利用ください
かんまつふろく　とくせい　　　　　りよう

1. 記入上の注意事項
き にゅうじょう

　①鉛筆以外の青または黒の万年筆やボールペンなどの筆記用具で記
えんぴついがい　あお　　　　くろ　まんねんひつ　　　　　　　　　　ひっきようぐ
　入します。もちろん、友達に頼んだりしないで本人が直筆で書き
　　　　　　　　　　　ともだち　たの　　　　　　　　　ほんにん　じきひつ
　ます。

　②数字はアラビア数字で記入します。文字は行書体ではなく、必ず
すうじ　　　　　　　　　　　　　　もじ　ぎょうしょたい　　　　　　　かなら
　楷書体で書きます。そして初めから終わりまで同じペンと調子で
かいしょたい　　　　　　　　　　はじ　　　　お　　　　　おな　　　　　ちょうし
　丁寧かつ正確に書きましょう。
ていねい　せいかく

履歷表的寫法與注意事項

履歷表是你重要的「門面」!

　　履歷表是你的另一張臉,而履歷表的寫法則顯示出「你的人品」。應以端正、美化自己的門面和人品,並且將你的誠意和熱忱傳送給對方的方式,來完成履歷表。

☞請利用卷末附錄的特製履歷表

1. 填寫時的注意事項

① 使用鉛筆以外的藍、黑鋼筆或原子筆(ball pen)等筆記用具填寫。當然,不可拜託朋友,要本人親筆填寫。

② 數字以阿拉伯(Arabia)數字填寫。文字非行書體,一定要用楷書體書寫。而且從頭到尾都要用同樣的筆和字跡,仔細且正確地書寫。

③インクで履歴書を汚したり、誤字、脱字のないように注意します。

もし不安であれば、辞書で確認するなど細心の注意を払いましょう。

④誤字や修正があれば、すぐ新しく書き直しましょう！

修正液等を使うのは、軽率でイージーな印象を与えるだけではなく、相手に対して失礼になるので、気を付けましょう。

2. 記入方法

A. 氏名・住所欄

①写真はカラーでも白黒でもかまいませんが、3か月以内に写した、上半身のものをきれいにまっすぐ貼ります。実際とあまりにもかけ離れた写真は、たとえよくとれているとしても、面接官にとっては何か騙されたような気がしたり、また別人と話しているようで気持ちのいいものではありませんから、注意しましょう！なお、スナップ写真はいけません。

②連絡先欄は、現住所以外に連絡を希望する場合のみ記入します。連絡先と現住所が同じ場合は書きません。

③ 注意不要讓墨水（ink）弄髒履歷表，或有錯字、漏字。如果感到不妥，要查字典仔細地加以確認。

④ 如果有錯字或修改，要立即重寫！
使用修正液等東西，不只是給人一種草率、馬虎的（easy）印象，對對方而言，也是不禮貌的，要注意！

2. 填寫方法

A. 姓名‧地址欄

① 相片為彩色或黑白都無所謂，但要正貼三個月以內所照的半身相片。和實際相差懸殊的相片，即使照得很好，就面試主考官而言，也會有種受騙的感覺，或和另外一個人說話似的，以致心情不好，要注意！再者，快照（snap）是不可以的。

② 聯絡處欄，只有希望聯絡為現在住所以外時才填寫。聯絡處和現在住所相同時不必填寫。

③印鑑はきれいにまっすぐ押します。

④日付は履歴書を作成した日を記入します。履歴書を持って行く日ではありません。

B. 学歴・職歴欄

①学歴は小・中学校は普通の場合、入学を省略して卒業のみ書きます。

しかし高校以上からは入学・卒業をはっきりと記入します。

「……学校入学」と書いた場合は「……学校卒業」とし、「……学校に入学」と書いた場合は「……学校を卒業」と書いて、前後を合わせます。

②大学の場合は、学部・学科まで記入します。在学中にアルバイトとして応募する場合は、最後に「現在同大学同学部学科〇年在学中」と書き加えます。

③もし職歴欄で転職回数が多く記入欄のスペースが狭い場合には、入社、退職のどちらかにまとめて、面接官が読みやすいようにします。

④職歴がない場合は「なし」と記入します。

⑤書き終わりは改行して、「以上」と記入します。

③ 印章要蓋清楚、蓋端正。

④ 日期填寫完成履歷表的那一天。不是帶履歷表去（面試）的那一天。

B. 學歷‧經歷欄

① 學歷為中小學時，通常省略入學，只寫畢業。但是高中以上，則要清楚地填寫入學、畢業。

如果寫「……學校入學」就要寫「……學校畢業」，而寫「入學於……學校」就要寫「畢業於……學校」，以茲配合。

② 大學的情形，要連學院、科系也填寫。如果在求學中應徵打工時，則在最後補寫「目前在同所大學同所學院科系某年級就讀中」。

③ 如果經歷欄因換工作次數太多而不敷使用時，則統一寫就職或離職，以使面試主考官易於閱讀。

④ 如果沒有經歷時，則填寫「無」。

⑤ 書寫完畢後另起一行，填寫「以上」。

C. 免許・資格欄

　　自動車免許、簿記、珠算、危険物取扱 主任など、自分の持っている
　　資格や免許を取得年順に記入します。

D. その他の欄

　　①得意な学科、趣味、スポーツ、志望の動機欄は、積極的に自分を
　　　ＰＲするつもりで記入します。

　　②特に「志望の動機」は、選んだ理由を積極性と目的意識を明確に
　　　表現した言葉で書き込みましょう。

　　③本人希望記入欄は、何か希望があれば、積極的に記入します。も
　　　し特に希望することがなければ、「特にありません」と記入しましょ
　　　う。希望欄が空欄で白紙のままだと、消極的な印象を面接官に与
　　　えやすいですから。

　　④保護者欄は、未成年者〔満２０歳に達しない人〕の場合のみ記入し
　　　ます。

3. 記入参考例

　　次のページを参照してください。

——『週刊正社員ＪＯＨＯ』(関西版)

1988年1/21号より 抜粋(一部追加)

C. 執照・資格欄

將汽車駕照、簿記、珠算、危險物品處理主任等自己所擁有的資格或執照，依照取得的時間順序填寫。

D. 其他欄

① 擅長學科、興趣、運動、應徵動機之欄，要以積極宣傳自己的想法來填寫。

② 特別是「應徵動機」，要以明確表達積極性和目的意識的字眼來填寫應徵的理由。

③ 本人希望填寫欄〔備考欄〕，如果有所期望的話，要積極填寫。如果沒有特別要求的話，應該填上「沒有特別要求」。因為希望欄若為空欄、保持空白，則容易給面試主考官一種消極的印象。

④ 監護人欄，只有未成年人〔未滿二十歲的人〕才填寫。

3. 填寫範例

請參照下一頁。

——摘自（部分追加）『週刊正社員 JOHO』（關西版）

1988 年 1 月 21 日號

履歴書　1993年3月5日現在

ふりがな	リ　　せい　　りょう	男女
氏名	李　世　良	印

1965年1月25日生
（満28歳）
本籍　基隆市

ふりがな		電話 市外局番(02)
現住所	基隆市忠孝一路207巷21号	421 3362 （　　方呼出）

ふりがな		電話 市外局番(　)
連絡先（現住所以外に連絡を希望する場合のみ記入） 台北市和平西路一段18巷3号5F		（　　方呼出）

年	月	学歴・職歴など（項目別にまとめて書く）
		学　歴
1977	6	基隆市和平国民小学校卒業
1980	6	基隆市信義国民中学校卒業
1980	9	台北市建国高等学校入学
1983	6	台北市建国高等学校卒業
1983	9	東呉大学日本語学科入学
1987	6	東呉大学日本語学科卒業
1987	7	士官候補として兵役に服す
1989	5	兵役の義務を終える
		職　歴
1989	7	日昌貿易株式会社入社
		営業部貿易課勤務
1991	3	都合により退社
1991	7	財団法人　紡織輸出振興会勤務
		現在に至る
		以上

身上書

ふりがな	リ せい りょう			電話 市外局番(02)
氏 名	李世良	現住所	基隆市忠孝一路207巷21号	421－3362 (方呼出)

年	月	免 許 ・ 資 格
1987	6	普通自動車免許取得
1990	8	交通部観光 ガイド試験合格

得意な学科	健康状態
日本語（翻訳）	良 好
趣 味	志望の動機
映画, ギター , 山登り	貴社の将来性と業務に魅力 を感じ、得意な語学と今までの
スポーツ	仕事の経験を生かしたいため
水泳, バスケットボール	

	氏 名	性別	年令	氏 名	性別	年令
家 族	李張玉蘭	女	81	李太全	男	1
	李永泉	男	58			
	陳安妹	女	55			
	李世安	男	25			
	林淑華	女	26			

本人希望記入欄（特に給料・職種・勤務時間・勤務地その他について希望があれば記入）

職種 : 営業部門

勤務地: 台北

保護者（本人が未成年者の場合のみ記入） ふりがな		電話 市外局番（ ）
氏 名	住所	(方呼出)

採用者側の記入欄（志望者は記入しないこと）

履　歴　書　　　1993 年 4 月 16 日現在

ふりがな	ちょう	び	ぶん		男・㊛
氏　名	張　美　文				印 ㊞

1972 年 4 月 5 日生
（満 21 歳）

本籍 南投県

ふりがな		電話 市外局番(02)
現住所	台北市泰順街 44 巷 17 号	393 - 2974 （　　　方呼出）
ふりがな		電話 市外局番(　　)
連絡先（現住所以外に連絡を希望する場合のみ記入）		ー （　　　方呼出）

年	月	学歴・職歴など（項目別にまとめて書く）
		学　歴
1984	6	台北市老松国民小学校 卒業
1987	6	台北市和平国民中学校 卒業
1987	9	台北市静修女子高等学校 入学
1990	6	台北市静修女子高等学校 卒業
1990	9	銘伝管理学院 入学
1993	6	銘伝管理学院 卒業見込み
		職　歴
		なし
		以上

身 上 書

ふりがな	ちょう び ぶん		電話 市外局番(02)
氏 名	張 美文	現住所 台北市泰順街44巷17号	393 - 2974 (方呼出)

年	月	免 許 ・ 資 格
1991	8	珠算検定2級合格

得意な学科
日本語会話, 音楽

趣味
読書, 料理, ピアノ

スポーツ
テニス, バレーボール

健康状態
良 好

志望の動機
1. 貴社の将来性
2. 貴社の業務が自己の性格に最適なため

家族	氏 名	性別	年令	氏 名	性別	年令
	張 大風	男	53			
	張王玉珠	女	51			
	張 耀中	男	23			
	張 耀輝	男	19			
	張 美瑤	女	17			

本人希望記入欄 (特に給料・職種・勤務時間・勤務地その他について希望があれば記入)

事務関係で台北市内勤務を希望します

保護者 (本人が未成年者の場合のみ記入)
ふりがな

氏 名	住所	電話 市外局番( )
		— (方呼出)

採用者側の記入欄 (志望者は記入しないこと)

巻末資料①
かんまつ し りょう

★各大学・専門学校名（各大學、専科學校名稱）
　かくだいがく　せんもんがっこうめい

A　国公立大学＆学院（國立、公立大學與學院）
　　こっこうりつ　　　　がくいん

1	台湾大学 たいわん	17	放送大学（空中大學） ほうそう
2	台湾師範大学 し はん	18	台湾工業技術学院 こうぎょう ぎ じゅつ
3	彰化師範大学 しょう か	19	雲林技術学院 うんりん
4	高雄師範大学 たか お	20	屏東技術学院 へいとう
5	成功大学 せいこう	21	陽明医学院 ようめい い
6	中興大学 ちゅうこう	22	芸術学院 げいじゅつ
7	政治大学 せい じ	23	体育学院 たいいく
8	清華大学 せい か	24	台北師範学院 たいほく
9	交通大学 こうつう	25	台中師範学院 たいちゅう
10	中央大学 ちゅうおう	26	台南師範学院 たいなん
11	中山大学 ちゅうざん	27	花蓮師範学院 か れん
12	中正大学 ちゅうせい	28	新竹師範学院 しんちく
13	台湾海洋大学 かいよう	29	屏東師範学院 へいとう
14	華東大学 か とう	30	嘉義師範学院 か ぎ
15	暨南大学 き なん	31	台東師範学院 たいとう
16	台北大学 タイペイ たいほく	32	台北市立師範学院 し りつ

B　主な私立大学＆学院（主要之私立大學與學院）

1　東呉大学
　　とうご

2　淡江大学
　　たんこう

3　輔仁大学
　　ほじん

4　中国文化大学
　　ちゅうごくぶんか

5　中原大学
　　ちゅうげん

6　静宜女子大学
　　せいぎじょし

7　逢甲大学
　　ほうこう

8　東海大学
　　とうかい

9　中山医学院

10　高雄医学院

11　台北医学院

12　中国医薬学院
　　　いやく

13　銘伝管理学院
　　　めいでんかんり

14　実践設計管理学院
　　　じっせんせっけい

15　世界新聞伝播学院
　　　せかいしんぶんでんぱ

16　大同工学院
　　　だいどうこう

C　軍人・警察学校（軍事、警察學校）
　　ぐんじん　　けいさつがっこう

1　国防医学院
　　こくぼう

2　中正理工学院
　　ちゅうせいりこう

3　国防管理学院

4　政治作戦学校
　　せいじさくせん

5　陸軍官校
　　りくぐんかんこう

6　海軍官校
　　かいぐん

7　空軍官校
　　くうぐん

8　中央警官学校
　　ちゅうおうけいかん

D　主な公立・私立専門学校（主要之公立、私立專科學校）
　　おも　こうりつ　　しりつせんもん

1　台北工業専門学校
　タイペイ
　　たいほくこうぎょう

2　台北商業専門学校
　　　しょうぎょう

3　台北護理専門学校
　　　ごり

4　宜蘭農工専門学校
　　　ぎらんのうこう

5　台中商業専門学校

6　雲林工業専門学校
　　うんりん

7　嘉義農業専門学校
　　かぎのうぎょう

8　高雄工商専門学校
　　たかおしょう

9　高雄海事専門学校
　　　かいじ

10　屏東農業専門学校
　　　へいとう

11　屏東商業専門学校

12　台湾芸術専門学校
　　　げいじゅつ

13 台湾体育専門学校
　　たいいく

14 台北市立体育専門学校
　　　しりつ

15 徳明商業専門学校
　　とくめい

16 明志工業専門学校
　　めいし

17 新埔工業専門学校
　　しんほ

18 淡水工商管理専門学校
　　たんすいこうしょうかんり

19 崇右企業管理専門学校
　　すうゆうきぎょう

20 致理商業専門学校
　　ちり

21 醒吾商業専門学校
　　せいご

22 僑光商業専門学校
　　きょうこう

23 復興工商専門学校
　　ふっこう

24 国際商業専門学校
　　こくさい

25 中国海事専門学校

26 台南家政専門学校
　　　かせい

27 文藻外国語文専門学校
　　ぶんそうがいこくごぶん

巻末資料②
かんまつ し りょう

A　学科名（科系名稱）
がっ か めい

1　⑥外国語学科
　　がいこく ご

2　⑥中国語学科
　　ちゅうごく

3　⑥東洋語学科
　　とうよう

4　⑤日本語学科
　　に ほん

5　⑥西洋語学科
　　せいよう

6　④英語学科
　　えい ご

7　⑤ドイツ語学科

8　⑥フランス語学科

9　⑥スペイン語学科

10　⑥イタリア語学科

11　⓪日本文学科
　　　ぶんがく

12　⓪中国文学科
　　　ちゅうごく

13　⑤英文学科〔⓪英文科〕
　　　えい　　　　　　　ぶん か

14　⓪フランス文学科

15　⓪ロシア文学科

16　⓪ドイツ文学科

17　⓪スペイン文学科

18　⓪イタリア文学科

19　⑤マスコミ学科

20　⑪ホテル経営管理学科
　　　けいえいかん り

21　④舞踊(学)科
　　　ぶ よう

22　⑤演劇(学)科
　　　えんげき

23　⓪電気工学科
　　　でん き

24　⑥原子力学科
　　　げん し りょく

25　⑨国際貿易学科
　　　こくさいぼうえき

26　⑤銀行学科
　　　ぎんこう

27　⑨会計統計学科
　　　かいけいとうけい

28　⑦企業管理学科
　　　き ぎょうかん り

29　⑧社会経営学科
　　　しゃかいけいえい

30　⑧観光事業学科
　　　かんこう じ ぎょう

31　⑤教育学科
　　　きょういく

32　⑧教育心理学科
　　　　　　しん り

33　③地理学科
　　　ち り

34　⑤芸術学科
　　　げいじゅつ

35　⑤音楽学科
　　　おんがく

36　④政治学科
　　　せい じ

37	⑧国際政治学科 <small>こくさい</small>	60	④化学学科 <small>か がく</small>
38	⑨国際関係学科 <small>かんけい</small>	61	⓪土木工学科 <small>ど ぼく</small>
39	⑤法律学科 <small>ほうりつ</small>	62	⓪工業工学科
40	⑨公共行政学科 <small>こうきょうぎょうせい</small>	63	⓪機械工学科 <small>き かい</small>
41	⑧公共管理学科 <small>かん り</small>	64	⑦運輸管理学科 <small>うん ゆ</small>
42	④地政学科 <small>ち せい</small>	65	⑤管理科学科
43	⑤鉱業学科 <small>こうぎょう</small>	66	⑧電力物理学科 <small>でんりょくぶつり</small>
44	④冶金学科 <small>や きん</small>	67	⑤印刷学科 <small>いんさつ</small>
45	⓪金属工学科 <small>きんぞく</small>	68	⑦水利・治水学科 <small>すい り ち</small>
46	⓪航空工学科 <small>こうくう</small>	69	⑤通信学科 <small>つうしん</small>
47	⑤経済学科 <small>けいざい</small>	70	④電子学科 <small>でん し</small>
48	⑤財政学科 <small>ざいせい</small>	71	⑨工業デザイン学科 <small>こうぎょう</small>
49	⑤統計学科 <small>とうけい</small>	72	⓪環境工学科 <small>かんきょう</small>
50	④社会学科	73	⓪繊維工学科 <small>せん い</small>
51	⑧工業管理学科 <small>こうぎょう</small>	74	④繊維学科
52	⑦社会心理学科	75	⓪生物化学科 <small>せいぶつ か がく</small>
53	④市政学科 <small>し せい</small>	76	④土壌学科 <small>ど じょう</small>
54	④歴史(学)科 <small>れき し</small>	77	⑥土地資源学科 <small>と ち しげん</small>
55	⓪哲学(学)科 <small>てつがく</small>	78	④地質学科 <small>ち しつ</small>
56	⑤新聞学科 <small>しんぶん</small>	79	⓪数学科 <small>すうがく</small>
57	⑥図書管理学科 <small>と しょかんり</small>	80	④物理学科 <small>ぶつり</small>
58	③書誌学科 <small>しょ し</small>	81	⑦電子物理学科 <small>でん し</small>
59	⓪建築学科 <small>けんちく</small>	82	⑤測量学科 <small>そくりょう</small>

83 ⑧交通管理学科
こうつうかん り

84 ⓪水質土壌管理工学科
すいしつ ど じょう

85 ⑦地球物理学科
ち きゅうぶつ り

86 ④生理学科
せい り

87 ⑨公衆衛生学科
こうしゅうえいせい

88 ④獣医学科
じゅう い

89 ⑤農業学科
のうぎょう

90 ④考古学科
こう こ

91 ④心理学科
しん り

92 ⑦児童福祉学科
じ どうふくし

93 ⓪医学科
い

94 ⓪歯学科
し

95 ④生物学科

96 ④病理学科
びょう り

97 ⑤解剖学科
かいぼう

98 ⑦耳鼻咽喉学科
じ び いんこう

99 ⓪眼科
がん

100 ⑦医療技術学科
い りょう ぎ じゅつ

101 ⑤動物学科
どうぶつ

102 ⑫病院経営管理学科
びょういんけいえいかん り

103 ⓪医療工学科

104 ⓪衛生工学科

105 ⑧看護教育学科
かん ご

106 ⓪薬学科
やく

107 ⑤牧畜学科
ぼくちく

108 ⑤水産学科
すいさん

109 ⑤海洋学科
かいよう

110 ⑧航運管理学科
こううん

111 ⑧海洋気象学科
かいよう き しょう

112 ⑨農業教育学科

113 ⑨農業経済学科

114 ⓪農業工学科

115 ⑤植物学科
しょくぶつ

116 ④石油学科
せき ゆ

117 ⓪食品科学科
しょくひん

118 ⑨食品栄養学科
えいよう

119 ⑤森林学科
しんりん

120 ④遺伝学科
い でん

121 ⑤園芸学科
えんげい

122 ⑤昆虫学科
こんちゅう

123 ⑧植物病理学科
びょう り

124 ⑧植物生理学科
せい り

125 ④家政学科
か せい

126 ⑤体育学科
たいいく

127 ④気象学科

128 ⑤天文学科
てんもん

129 ⑤航海学科
こうかい

130 ⓪航海科学科
かがく

131 ⑧航海技術学科
ぎじゅつ

132 ④機関学科
きかん

133 ⑤造船学科
ぞうせん

134 ⓪海軍科学科
かいぐんかがく

135 ⑨情報通信学科
じょうほうつうしん

136 ⓪情報科学科
かがく

137 ⓪経営工学科
けいえいこうがく

138 ⑧文化人類学科
ぶんかじんるい

139 ⓪航空工学科
こうくう

140 ⓪熔接工学科
ようせつ

141 ⓪精密工学科
せいみつ

142 ⓪応用化学科
おうようかがく

143 ⓪応用科学科

144 ⑤宗教学科
しゅうきょう

145 ⑦社会福祉学科
しゃかいふくし

B 科目名 (科目名稱)
かもくめい

1 ⓪国語
こくご

2 ③算数 (小学)
さんすう

3 ⓪数学 (中学以上)
すうがく

4 ⓪英語 (③英会話・⓪文法)
えいご　　かいわ　　ぶんぽう

5 ①社会
しゃかい

6 ⓪歴史 (②日本史・②世界史)
れきし　　にほん　　せかい

7 ①地理
ちり

8 ①⓪生物
せいぶつ

9 ①物理 (中学以上)
ぶつり

10 ①理科 (小学)
りか

11 ①⓪音楽
おんがく

12 ①体育
たいいく

13 ①美術
びじゅつ

14 ⓪家庭
かてい

15 ⓪道徳
どうとく

16 ①文学
ぶんがく

17 ④日本文学
にほん

18 ⑤現代文学
げんだい

19 ⑤近代文学
きん

20 ④古典文学
こてん

21 ⑤中国文学
ちゅうごく

22 ⑤フランス文学

23 ⑤アメリカ文学

24 ③英文学

25 ④ドイツ文学
ぶんがく

26 ④ロシア文学

27 ⑦日本文学史
に ほん し

28 ③東洋史
とうよう

29 ③西洋史
せい

30 ②⓪哲学
てつがく

31 ⑥東洋哲学

32 ⑥西洋哲学

33 ⑦教育心理学
きょういくしん り

34 ⑥社会心理学
しゃかい

35 ③政治学
せい じ

36 ③経済学
けいざい

37 ⑤経営概論
けいえいがいろん

38 ⑤銀行保険
ぎんこう ほ けん

39 ④原価計算
げん か けいさん

40 ⑤国際貿易
こくさいぼうえき

41 ⓪法律
ほうりつ

42 ①民法
みんぽう

43 ①刑法
けいほう

44 ⓪③国際法
こくさい

45 ④民事訴訟法
みん じ そしょう

46 ④刑事訴訟法
けい じ

47 ⑤三民主義
さんみんしゅ ぎ

48 ⑦文化人類学
ぶん か じんるい

49 ④社会調査
ちょう さ

50 ③コンピュータ

51 ⑤情報工学
じょうほうこうがく

52 ⑤情報処理
しょ り

53 ④機械工学
き かい

54 ⑤システム工学

55 ③物理学
ぶつり

56 ⑧食品栄養学
しょくひんえいよう

57 ⑤商業文書
しょうぎょうぶんしょ

58 ⑤経営管理
かんり

C いろいろな言葉(各種語言)
こと ば

1 ⓪中国語
ちゅうごく ご

2 ⓪北京語
ペ キン

3 ⓪上海語
シャンハイ

4 ⓪福建語
ふっけん

5 ⓪広東語
カントン

6 ⓪客家語
はっ か

7 ⓪台湾語
たいわん

8 ⓪日本語
に ほん

9 ⓪韓国語
かんこく

10 ⓪英語
えい

11 ⓪フランス語（法語）

12 ⓪ドイツ語（德語）

13 ⓪ロシア語（俄語）

14 ⓪スペイン語（西班牙語）

15 ⓪ポルトガル語（葡萄牙語）

16 ⓪イタリア語（義大利語）

17 ⓪タイ語（泰語）

18 ⓪アラビア語（阿拉伯語）

19 ⓪タガログ語（塔加拉語—菲律
　　　　　賓的國語）

20 ⓪マレー語（馬來語）

21 ⓪インドネシア語（印尼話）

22 ⓪ヒンドゥー語（印度話）

23 ⓪ギリシア〔ギリシャ〕語（希臘語）

24 ⓪オランダ語（荷蘭語）

25 ⓪ラテン語（拉丁語）

D　台湾の大学の日本語学科で履修する主な科目
　　たいわん　だいがく　にほんごがっか　りしゅう　おも　かもく

（台灣之大學日文系所修的主要科目）

1 ⓪会話
　　かいわ

2 ⓪文法
　　ぶんぽう

3 ⓪読本
　　とくほん

4 ⑤ＬＬ演習
　　エルエルえんしゅう

5 ①名著選読
　　めいちょせんどく

6 ④古典文学
　　こてんぶんがく

7 ⑤文章表現〔⓪作文〕
　　ぶんしょうひょうげん　さくぶん

8 ①故事選読
　　こじ

9 ⓪初級日本語
　　しょきゅう

10 ⓪中級日本語
　　ちゅう

11 ⓪上級日本語
　　じょう

12 ⓪応用日本語
　　おうよう

13 ⓪演劇
　　えんげき

14 ⓪時事日本語〔⑤新聞日語〕
　　じじ　　　しんぶんにちご

15 ⓪翻訳
　　ほんやく

16 ④日本文化
　　ぶんか

17 ⑦日本文学史
　　し

18 ②日本史

19 ④日本地理
　　ちり

20 ⑤日本語研究
　　けんきゅう

21 ③言語学
　　げんごがく

22 ④日本事情
　　じじょう

23 ⓪ビジネス日本語

　　〔⑤商業日語〕
　　しょうぎょうにちご

巻末資料③
かんまつ し りょう

★**各種クラブ・サークル**
かくしゅ

1　3柔道部
　　じゅうどう ぶ

2　3剣道部
　　けん

3　4合気道部
　　あい き

4　3弓道部
　　きゅう

5　6アーチェリー部

6　4テニス部

7　3水泳部
　　すいえい

8　2野球部
　　や きゅう

9　3空手部
　　から て

10　3ラグビー部

11　2サッカー部

12　7バスケットボール部

13　3卓球部
　　たっきゅう

14　6バドミントン部

15　6バレーボール部

16　3体操部
　　たいそう

17　3馬術部
　　ば じゅつ

18　3陸上部
　　りくじょう

19　3弁論部
　　べんろん

20　2写真部
　　しゃしん

21　4音楽部
　　おんがく

22　3ダンス部

23　4生け花部
　　い　　ばな

24　3茶道部
　　さ

25　4演劇部
　　えんげき

26　4探検部
　　たんけん

27　4陶芸部
　　とうげい

28　3放送部
　　ほうそう

29　1合唱部〔4コーラス部〕
　　がっしょう

30　4将棋クラブ
　　しょう ぎ

31　3囲碁クラブ
　　い ご

32　3美術部
　　び じゅつ

33　2書道部
　　しょ

34　2手芸部
　　しゅげい

35　6社会奉仕部
　　しゃかいほう し

36　3文芸部
　　ぶんげい

卷末資料③

★各種社團、同好會

1	柔道社	19	辯論社，演講社
2	劍道社	20	攝影社
3	合氣道社	21	音樂社
4	射箭社	22	舞蹈社
5	射箭社，十字弓社	23	插花社
6	網球社	24	茶道社
7	游泳社	25	戲劇社
8	棒球社	26	探險社
9	空手道社	27	陶藝社
10	橄欖球社	28	廣播社
11	足球社	29	合唱社
12	籃球社	30	象棋社
13	桌球社	31	圍棋社
14	羽毛球社	32	美術社
15	排球社	33	書法社
16	體操社	34	手工藝社
17	馬術社	35	社會服務社
18	田徑社	36	文藝社

37 ② 登山部
とざんぶ

38 ④ ヨットクラブ

39 ⑪ 中国文学研究会
ちゅうごくぶんがくけんきゅうかい

40 ⑪ 公害問題研究会
こうがいもんだい

41 ④ 映画クラブ
えいが

42 ④ 武術クラブ
ぶじゅつ

43 ⑥ アジア研究会

44 ⑨ 社会思想研究会
しゃかいしそう

巻末資料④
かんまつ し りょう

A　主な業種名（ 主要的行業名稱 ）
おも　ぎょうしゅめい

1　建設・不動産業（ 建設、房地産業 ）
けんせつ　ふ どうさんぎょう

2　土木工事業（ 土木工程事業 ）
ど ぼくこう じ

3　電気工事業（ 水電事業 ）
でん き

4　機械器具設置業（ 機械器具設置業 ）
き かい き ぐ せっち

5　室内装飾業（ 室内装潢業 ）
しつないそうしょく

6　住宅リフォーム業（ 住宅改建業 ）
じゅうたく

7　塗装工事業（ 油漆噴漆業 ）
と そう

8　不動産取引業（ 房地産仲介業 ）
とりひき

9　不動産賃貸・管理業（ 房地産租賃、管理業 ）
ちんたい　かん り

製　造　業
せい　ぞう　ぎょう

10　一般機械器具製造業（ 一般機械器具製造業 ）
いっぱん き かい き ぐ

11　電気機械器具製造業（ 電力機械器具製造業 ）

12　輸送用機械器具製造業（ 運輸機械器具製造業 ）
ゆ そう

13　精密機械器具製造業（ 精密機械器具製造業 ）
せいみつ

14　木材・木製品・家具製造業（ 木材、木製品、家具製造業 ）
もくざい　せいひん　か ぐ

15　パルプ紙・紙加工品製造業（ 紙漿、紙加工品製造業 ）
し　かみ か こうひん

16　食料品製造業（ 食品製造業 ）
しょくりょうひん

17 飲料・飼料・タバコ製造業（飲料、飼料、香煙製造業）
　　いんりょう　し　　　　　　　　　　　せいぞうぎょう

18 衣服・その他繊維製品製造業（衣服、其他繊維製品製造業）
　　い　ふく　　　　　　た せん い せいひん

19 新聞・出版・マスコミ関係業（報紙、出版、大眾傳播業）
　　しんぶん　しゅっぱん　　　　　かんけいぎょう

20 印刷関連産業（印刷相關産業）
　　いんさつかんれんさんぎょう

21 ゴム製品・なめし革・毛皮製造業（橡膠製品、鞣皮、毛皮製造業）
　　　　　　　　　　がわ　けがわ

22 窯業・土石製品製造業（窰業、土石製品製造業）
　　よう　　　ど せき

23 鉄鋼・非鉄金属製造業（鋼鐵、非鐵金屬製造業）
　　てっこう　　ひ てつきんぞく

24 金属製品製造業（金屬製品製造業）

25 化学製品製造業（化學製品製造業）
　　か がく

26 石油・石炭製品製造業（石油、煤炭製品製造業）
　　せき ゆ　せきたん

27 プラスチック製品製造業（塑膠製品製造業）

卸売業・小売業（批發業、零售業）
　　おろしうりぎょう　　こうり

28 各種商品卸売業（各種商品批發業）
　　かくしゅしょうひん

29 衣服・身の回り品卸売業（衣服、日常用品批發業）
　　い ふく　　み　まわ　ひん

30 農畜産物・水産物卸売業（農畜産品、水産品批發業）
　　のうちくさんぶつ　　すい

31 飲料・食料卸売業（飲料、食品批發業）
　　いんりょう　しょく

32 医薬品・化粧品卸売業（醫藥品、化粧品批發業）
　　い やくひん　け しょう

33 家具・什器卸売業（家具、什器批發業）
　　か ぐ　じゅうき

34 日用雑貨品卸売業（日用雑貨批發業）
　　にちようざっか

35 繊維製品卸売業（繊維製品批發業）
　　せん い せい

36 化学製品関係卸売業（化學製品批發業）
　　かがくせいひんかんけいおろしうりぎょう

37 鉱物・金属関係卸売業（礦物、金属批發業）
　　こうぶつ　　きんぞくかんけい

38 機械器具卸売業（機械器具批發業）
　　きかいきぐ

39 建築材料卸売業（建築材料批發業）
　　けんちくざいりょう

40 再生資源卸売業（再生資源批發業）
　　さいせいしげん

41 代理商・仲立ち業（代理商、中間商）
　　だいりしょう　なかだ

42 飲食料品小売業（飲料食品零售業）
　　いんしょくりょうひん　こうり

43 百貨店・スーパー（百貨公司、超級市場）
　　ひゃっかてん

44 日用雑貨各種商品小売業（日用雑貨各種商品零售業）
　　にちようざっかかくしゅしょうひん

45 書籍・文具小売業（書籍、文具零售業）
　　しょせき　ぶんぐ

46 スポーツ用品・玩具・娯楽用品小売業（體育用品、玩具、娯樂用品
　　　　　　　ようひん　がんぐ　　ごらく
　　零售業）

47 レコード・テープ・楽器・音楽用品小売業（唱片、錄音帶、樂器、
　　　　　　　　　　　　　がっき　おんがく
　　音樂用品零售業）

48 医薬品、化粧品小売業（醫藥品、化粧品零售業）
　　いやくひん　けしょう

49 農耕用品小売業（農耕用品零售業）
　　のうこう

50 燃料小売業（燃料零售業）
　　ねんりょう

51 オートバイ・自転車小売業（機車、脚踏車零售業）
　　　　　　　じてんしゃ

52 家具・建具・什器小売業（家具、門窗、什器零售業）
　　かぐ　たてぐ　じゅうき

53 カメラ・写真材料小売業（照相機、照相器材零售業）
　　　　　しゃしんざいりょう

54 時計・眼鏡・光学機械小売業（鐘錶、眼鏡、光學儀器零售業）
　　とけい　めがね　こうがく

55 中古品小売業（中古品零售業）
　　ちゅうこひんこうりぎょう

金融・保険業
きんゆう　ほけんぎょう

56 投資業
　　とうし

57 証券業（證券業）
　　しょうけん

58 商品取引業（商品交易業）
　　しょうひんとりひき

59 銀行・信託業
　　ぎんこう　しんたく

60 農林水産金融業
　　のうりんすいさんきんゆう

61 中小企業・庶民金融業（中小企業、一般民眾金融業）
　　ちゅうしょうき　　しょみん

62 生命保険業（人壽保險業）
　　せいめいほけん

63 損害保険業（產物保險業）
　　そんがい

64 保険媒介代理店・保険サービス業（保險仲介代理店、保險服務業）
　　ばいかいだいりてん

運輸・ガス石油関連業（運輸、瓦斯石油相關事業）
うんゆ　　せきゆかんれん

65 通信業
　　つうしん

66 水運業
　　すいうん

67 航空運輸業
　　こうくう

68 鉄道業（鐵路業）
　　てつどう

69 道路旅客運送業（旅客運輸業）
　　どうろりょかくうんそう

70 道路貨物運送業（貨物運輸業）
　　かもつ

71 倉庫業
　　そうこ

72 旅行業（旅遊業）

73 ガソリン給油販売業・ガソリンスタンド〔汽車加油銷售業、加油站（ gasoline stand ）〕

飲食業

74 喫茶店〔コーヒーショップ〕〔咖啡店（ coffee shop ）〕

75 食堂・レストラン〔飯館、餐廳（ restaurant ）〕

76 そば・うどん店（麺店）

77 寿司店（壽司店）

78 一般飲食店

79 バー・キャバレー・スナック・カラオケ店・クラブ・酒場・ビヤホール〔酒吧（ bar ）、酒廊（ 法語 cabaret ）、西式簡餐店（ snack ）、卡拉 OK 店、倶樂部（ club ）、酒館、啤酒屋（beer hall）〕

80 料亭（高級日本料理店）

サービス業（服務業）

81 医療・保健衛生業（醫療、衛生保健業）

82 廃棄物処理業（廢棄物處理業）

83 ニュース供給業（消息供應業）

84 情報サービス業（資訊服務業）

85 広告業（廣告業）

86 興信所（徵信社）

87 警備業（保全業）
けいびぎょう

88 ビルメンテナンス業（害虫駆除も含む）〔（包括害蟲驅除的）建築物
がいちゅうくじょ　ふく
維修保養（building maintenance）業〕

89 事務・業務請負・人材派遣業（事務、業務承包、人才派遣業）
じむ　ぎょうむうけおい　じんざいはけん

90 代行業（筆耕・電話関連・郵便物発送）〔代辦業（繕寫、電話處理、
だいこう　ひっこう　でんわかんれん　ゆうびんぶつはっそう
郵件傳遞）〕

91 ディスプレイ業〔展覧（display）業〕

92 駐車場業（停車場業）
ちゅうしゃじょう

93 自動車整備業（汽車維修業）
じどうしゃせいび

94 各種修理業
かくしゅしゅうり

95 家事サービス業（家事服務業）
かじ

96 クリーニング・理容・美容・浴場業〔洗衣、理髪、美容、浴池業〕
りよう　びよう　よくじょう

97 物品賃貸業・リース業・レンタル業〔物品租賃業、租賃（lease）業、
ぶっぴんちんたい
承租（rental）業〕

98 旅館・ホテル・その他宿泊所（旅館、飯店、其他住宿場所）
りょかん　　　　　　　　　たしゅくはくじょ

99 映画・娯楽業（電影、娛樂業）
えいが　ごらく

100 放送業（廣播業）
ほうそう

101 冠婚葬祭関連業（婚喪喜慶相關事業）
かんこんそうさい

102 リフォーム業〔建物修理・改築業〕〔建築物整修、改建（reform）業〕
たてものしゅうり　かいちく

103 メッセンジャー業〔伝言・品物配達業〕〔傳言、物品傳送（messen-
ger）業〕

104 協同組合（合作社）

105 弁護士・司法書士・公認会計士・税理士（律師、司法代書、檢定合
格會計師、報税師）

106 著述家・芸術家（著述家、藝術家）

107 デザイン業〔設計（design）業〕

108 塾（補習班）

109 各種スクール（各種學校）

110 経営コンサルタント業（企業顧問業）

B　職　　種

●事務的職種

1　一般事務（受付、秘書、営業事務を含む）

2　会計事務（経理簿記）

3　電話受付及び応対

4　整理事務（集計業務、伝票整理）

5　宛名書き、清書

6　外勤事務（集金人等）

B 職務種類

●事務性職務

1 一般事務（包括收發〔櫃臺〕、秘書、營業事務在內）

2 會計事務（如會計簿記）

3 電話接聽及應對

4 整理事務（如計算統計業務、傳票整理）

5 書寫客戶姓名地址、謄稿

6 外勤事務（如收款人等）

● 営業的職種

1 対卸売、小売営業〔顧客管理、ルートセールス（巡回販売）〕

2 広告営業

3 出版物等物品営業、保険外交営業

4 テレフォン・アポインター〔電話によるＰＲ営業〕

5 再生資源〔故紙・屑鉄回収〕営業

● 販売的職種

1 百貨店〔デパート〕、＝量販店販売職、コンビニ〔コンビニエンス・スト

  アー〕（セブン・イレブンのような長時間営業の便宜店、小型のスー

  パーマーケット）販売職

2 衣類、身の回り品販売職

3 飲食料品販売職

4 菓子、パン販売職

5 ファストフード販売職

6 レジ・キャッシャー要員

7 店頭、店内販売促進要員

● サービス職種（飲食関係を除く）

1 ガソリンスタンド要員

●營業性業務

1 對批發、零售之營業〔顧客管理、巡迴銷售（route sales）〕

2 廣告營業

3 出版品等物品營業、保險外交營業

4 電話促銷營業（telephone appointer）

5 再生資源〔廢紙、廢鐵回收〕營業

●銷售性職務

1 百貨公司（department store）、量販店銷售工作、便利商店（convenience store）（如 7-ELEVEN 那種長時間營業的方便商店或小型超市）銷售工作

2 衣服、日常用品銷售工作

3 飲料食品銷售工作

4 糖果、麵包銷售工作

5 速食（fast food）銷售工作

6 收銀（register cashier）員

7 店頭、店內促銷人員

●服務性職務（飲食業除外）

1 加油站職員（ 日製英語 gasoline stand）

2 ホテル業務（フロント、ポーター、クロークルーム、手回り品預かり
係）

3 案内係、接待係

4 パチンコ店サービス係

5 雀荘サービス係

6 ゲームセンターサービス係

7 ハウスマヌカン（契約した会社の衣服、化粧品などを着たり付けたり
して、その製品を宣伝、販売する女性販売員）

8 ツアーコンダクター〔添乗員〕

9 イベントプロデュース業（企業や団体などの様々な催しを企画し、そ
の内容、実施に関する業務を請け負うサービス業）

10 デモンストレーター（商品の使用法を説明しながら宣伝販売する人）

11 ちらし、びら配布要員

12 新聞配達

13 調査員

14 理容師、美容師

15 エステティシャン（心身両面の全身美容を考える総合美容師）

16 モニター（企業の依頼で商品を使用して、その感想を報告する人）

2 旅館業務〔櫃臺（front）、門房（porter）、寄物處（cloakroom）、隨身物品保管人員〕

3 引導員、接待員

4 小鋼珠〔柏青哥〕店服務員

5 麻將館服務員

6 遊樂中心服務（日製英語 game center service）員

7 展示小姐（house mannequin）（穿著或使用契約公司之服裝、化粧品等，來宣傳、銷售該產品的女售貨員）

8 導遊（tour conductor）

9 展示企劃（event produce）業（策劃企業或團體等各種商品展示，承包關於其內容、實施業務的服務業）

10 商品說明員（demonstrator）（一面說明商品的使用方法，一面推銷該產品的人）

11 廣告單、宣傳單散發人員

12 報童，送報生

13 調查員

14 理容師、美容師

15 綜合美容師（法語 esthéticien）（考量身心兩面之全身美容的綜合美容師）

16 商品試用員（monitor）（受企業委託使用商品，並報告其感想的人）

17　通訳
　　つうやく

18　クリーニング店店員
　　　　　　　てんてんいん

●接客飲食サービス職種
　せっきゃくいんしょく　　　しょくしゅ

1　パブ、スナック、レストラン、カラオケ店、クラブの店内係
　　　　　　　　　　　　　　　　　　　　　　　　てんないがかり

2　ホテルラウンジ係

3　カウンター係

4　喫茶店、飲食店の店内係
　　きっさ

5　配膳係
　　はいぜん

6　調理見習い
　　ちょうり み なら

7　厨房、洗い場
　　ちゅうぼう あら ば

8　出前係
　　で まえ

9　バーテン：「バーテンダー」の略
　　　　　　　　　　　　　　りゃく

●管理的職種
　かん り てき

1　店長
　　てんちょう

2　マネージャー〔支配人〕
　　　　　　　　　しはいにん

3　料理長〔シェフ〕
　　りょうり

4　保守メンテナンス的職種
　　ほ しゅ

5　警備員
　　けい び いん

6　駐車場管理
　　ちゅうしゃじょう

17 口譯

18 洗衣店店員

●接待客人、飲食服務性職務

1 酒館、簡餐店、餐廳、卡拉ＯＫ店、俱樂部的服務員

2 旅館休息室（hotel lounge）服務員

3 櫃臺（counter）服務員

4 咖啡店、飲食店的服務員

5 飯菜服務員

6 烹飪見習員

7 廚房、洗餐具的地方

8 餐飲外送員

9 酒保（bartender）：「バーテンダー」之略

●管理性職務

1 店長

2 經理（manager）

3 主廚（[法語] chef）

4 保護維修性的職務

5 保全人員

6 停車場管理員

●専門的、技術的職種
せんもんてき　ぎじゅつ　しょくしゅ

1　情報処理技術者（プログラマーなど）
じょうほうしょり　ぎじゅつしゃ

2　ＯＡ機器オペレーター、キーパンチャー、タイピスト
オーエー　きき

3　情報処理業務補助
ぎょうむ　ほじょ

4　印刷オペレーター（写植、版下、製版など）
いんさつ　　　　　　　　　しゃしょく　はんした　せいはん

5　校正
こうせい

6　トレーサー（設計図面等を転写する人）
せっけい　ずめんなど　てんしゃ　　ひと

7　編集、制作（アシスタントも含む）
へんしゅう　せいさく　　　　　　　　　ふく

8　コピーライター（広告の文案を作成する人）
こうこく　ぶんあん　さくせい

9　デザイナー

10　カメラマン〔写真家〕
しゃしんか

11　スポーツ、ダンスのインストラクター

12　塾講師
じゅくこうし

13　家庭教師
かていきょう

14　医科、歯科助手
いか　しかじょしゅ

●運輸、通信的職種
うんゆ　つうしん

1　旅客運転手
りょかくうんてんしゅ

2　貨物運転手
かもつ

3　運転助手

●專門性、技術性職務

1 資訊處理技術員〔如程式設計者（program(m)er）等〕

2 辦公室自動化機器操作員、按鍵打孔機操作員（keypuncher）、打字員（typist）

3 資訊處理業務助理

4 印刷操作員（如照相打字、排版、製版等）

5 校正，校對

6 繪圖員（tracer）（描繪設計圖面等的人）

7 〔包括助理（assistant）的〕編輯、製作

8 廣告撰文者（copywriter）（撰寫廣告文稿的人）

9 設計師（designer）

10 攝影師（cameraman）

11 運動、舞蹈的指導員（instructor）

12 補習班講師

13 家庭教師

14 醫科、牙科助理

●運輸、通訊性職務

1 客車司機

2 貨車司機

3 司機助手，捆工

4 商品配達
　　しょうひんはいたつ

5 商品管理
　　しょうひん　かんり

6 倉庫管理
　　そうこ

7 仕訳・梱包要員
　　しわけ　こんぽうよういん

8 値札つけ係
　　ねふだ　　がかり

9 発送・納品係
　　はっそう　のうひん

●現場作業的職種（技能工、生産工程作業及び労務作業者）
　げんばさぎょうてきしょくしゅ　ぎのうこう　せいさんこうてい　　およ　ろうむ　しゃ

1 金属加工作業者（金屬加工作業員）
　きんぞくかこう

2 機械・器具製造作業者（機械、器具製造作業員）
　きかい　きぐせいぞう

3 木製品製造作業者（木製品製造作業員）
　もくせいひん

4 印刷・製本作業者（印刷、裝訂作業員）
　いんさつ　せいほん

5 飲食料品製造作業者（飲料、食品製造作業員）
　いんしょくりょうひん

6 建設・土木作業者（建設、土木作業員）
　けんせつ　どぼく

7 検品係（驗貨員）
　けんぴんがかり

8 電気配管工事者（水電配管工人）
　　はいかんこうじ

9 機器メンテナンス、清掃ビルメンテナンス（機器維修、大廈維修清
　きき　　　　　　　　　　　せいそう

　掃）

10 農林畜産作業者（農林畜產作業員）
　のうりんちくさん

11 造園関係作業者（園藝作業員）
　ぞうえんかんけい

12 漁業作業者（漁業作業員）
　ぎょぎょう

4 送貨

5 商品管理

6 倉庫管理

7 分類、包裝員

8 價格標示員

9 送貨、收貨員

●現場作業性職務（技工、生產工程作業及勞動作業者）

C 職 業
しょく ぎょう

●会社関係（公司方面）
かいしゃかんけい

1　③会社員（公司職員）
　　　いん

2　③サラリーマン（薪水階級人員，上班族）

3　◯③ＯＬ（女職員，女辦事員）
　　　オーエル

4　①社員（公司職員）

5　①班長
　　　はんちょう

6　◯主任
　　　しゅにん

7　④係長（股長）
　　　かかり

8　◯課長
　　　か

9　◯部長（經理）
　　　ぶ

10　◯重役〔重要幹部（如董事、監事等)〕
　　　じゅうやく

11　◯取締役（董事）
　　　とりしまりやく

12　①常務（常務理事）
　　　じょう む

13　①専務（常務董事）
　　　せん

14　③副社長（副社長，副總經理）
　　　ふくしゃちょう

15　◯社長（社長，總經理）

16　◯会長（會長）
　　　かい

17　◯受付（收發）
　　　うけつけ

18　⑥電話交換手〔③オペレーター〕〔總機(operator)〕
　　　こうかんしゅ

19 ③タイピスト〔打字員 (typist)〕

20 ①②秘書
　　　ひしょ

21 ①経理 (会計、給与に関する事務)〔出納（與會計、薪資有關的事務）〕
　　　けいり　かいけい　きゅうよ　かん　じむ

22 ⓪会計（會計）

●医療関係（醫療方面）
　りょうかんけい

1 ⓪医者〔①医師〕（醫生，醫師）
　　しゃ　　　し

2 ③内科医（内科醫生）
　　ないか

3 ②外科医（外科醫生）
　　げ

4 ④小児医（小兒科醫生）
　　しょうに

5 ⑥産婦人科医（婦產科醫生）
　　さんふじん

6 ②歯科医〔①歯医者〕（牙醫）
　　し　　　は

7 ③眼科医〔①眼医者〕（眼科醫生）
　　がん　　　め

8 ⑤精神科医（精神科醫生）
　　せいしん

9 ⑦耳鼻咽喉科医（耳鼻喉科醫生）
　　じ びいんこう

10 ①獣医（獸醫）
　　じゅう

11 ③看護婦（護士）
　　かんごふ

12 ③看護士（男護士）
　　し

13 ③薬剤師（藥劑師）
　　やくざい

14 ②助産婦〔⓪産婆〕（助産士，産婆）
　　じょさんぶ　　ば

15 ④接骨医〔④骨接ぎ〕（接骨師）
　　せっこつ　　ほねつ

16 ⑤歯科衛生士（牙科衛生士）
　　し かえいせい

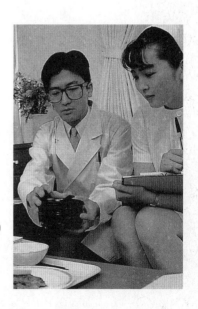

17 ④歯科技工士（牙科技工士）
　　しかぎこうし

18 ⑥放射線技師・⑦Ｘ線技師（放射線技師、Ｘ光線技師）
　　ほうしゃせんぎし　エックス

19 ⑧臨床検査技師（臨床檢驗技師）
　　りんしょうけんさ

20 ⑤マッサージ師（按摩師）

21 ③整体師（體格矯正技師）
　　せいたい

22 ④鍼灸師（針灸師）
　　しんきゅう

23 ③副院長
　　ふくいんちょう

24 ③病院長（醫院院長）
　　びょう

●教育関係（教育方面）
　きょういくかんけい

1 ④教職員
　　しょくいん

2 ①教師・③先生・⓪教員〔⓪教諭〕（教師、老師、教員）
　　し　　せんせい　　ゆ

3 ②助教諭〔⑤代用教員〕（代課老師）
　　じょ　　だいよう

4 ⓪教頭（教務主任）
　　とう

5 ⓪校長
　　こうちょう

6 ⓪助手（助教）
　　しゅ

7 ①講師
　　こう

8 ⑥非常勤講師（兼任講師）
　　ひじょうきん

9 ⑤専任講師（專任講師）
　　せん

10 ②助教授（副教授）
　　じゅ

11 ⓪教授〔③プロフェッサー〕〔教授（professor）〕

12 ④主任教授（系主任）
　　しゅ

—356—

13 ⑤客員教授（客座教授）
きゃくいん

14 ④名誉教授（名譽教授）
めい よ

15 ③学部長（學院院長）
がく ぶ ちょう

16 ②理事長
り じ

17 ⓪学長（大學校長）

18 ①総長（大學校長）
そう

19 ②保母
ほ ぼ

20 ①園長
えん

21 ⓪学者（學者）
がくしゃ

22 ④文学者（文學家）
ぶん

23 ③科学者（科學家）
か

24 ④エコノミスト〔⑤経済学者〕〔經濟學者（economist）〕
けいざい

●役人関係（公家機關方面）
やくにんかんけい

1 ③公務員
こう む いん

2 ⓪政治家
せい じ か

3 ⑤国会議員（立法委員，國大代表）
こっかい ぎ いん

4 ⑤市議会議員（市議員）
し

5 ⑤町会議員（鄉鎮區公所民意代表）
ちょう

6 ③県知事（縣長）
けん ち じ

7 ②市長
し ちょう

8 ①町長（鄉鎮長）

—357—

9 ①村長
　そんちょう

10 ③外交官
　がいこうかん

11 ①大使
　たいし

12 ③消防士 （消防隊員）
　しょうぼうし

13 ④警察官 （警察）
　けいさつ

14 ④婦人警官 （女警察）
　ふじん

15 ①刑事 （刑警）
　けいじ

16 ③裁判官 （法官）
　さいばん

17 ④検察官（ 檢察官 ）
　けんさつ

18 ③弁護士 （律師）
　べんごし

19 ⓪軍人
　ぐんじん

20 ④税関員（ 海關關員 ）
　ぜいかんいん

21 ⑦会計検察官〔員〕（ 會計稽查人員 ）
　かいけい

22 ④税務署員（ 國稅局職員 ）
　むしょいん

23 ⑥郵便局員 （郵局職員）
　ゆうびんきょく

24 ⑧郵便配達員〔人〕（郵務士，郵差）
　はいたつ　　　にん

25 ⑥郵便局長 （郵局支局長）

26 ⑪電信電話局職員 （電信局職員）
　でんしん　　わ　しょく

27 ⑥電信局長 （電信局長）

28 ⑤台湾電力職員 （台電職員）
　たいわん　りょく

29 ③銀行員 （銀行職員）
　ぎんこう

30 ③係長 （股長）
　かかり

—358—

31 ⓪課長
かちょう

32 ①⓪次長 （副理）
じ

33 ②支店長（分行經理）
してん

34 ①専務 （常務董事)
せんむ

35 ①常務 （常務理事)
じょう

36 ③副頭取（銀行的副總經理）
ふくとうどり

37 ⓪頭取（銀行的總經理）

●コンピュータ関係（電腦方面）
かんけい

1 ④③プログラマー（程式設計者）

2 ⑥コンピュータ関係のオペレーター（電腦操作員）

3 ③キーパンチャー（按鍵打孔機操作員）

4 ⑦システム・エンジニア〔S・E〕〔系統工程師(system engineer)〕
エス イー

●ファッション関係 （流行方面)

1 ⑥服飾デザイナー〔⑥ファッション・デザイナー〕（服装設計師）
ふくしょく

2 ⑤ファッション・モデル〔時装模特兒(fashion model)〕

3 ④ドレスメーカー〔女装裁縫師(dressmaker)〕

●建築土木関係 （建築土木方面)
けんちく ど ぼく

1 ⑥建築デザイナー （建築設計師)

2 ⑦建築設計士（建築設計師）
　けんちくせっけい　し

3 ⑦インテリア・デザイナー〔室内設計師(interior designer)〕

4 ⑩土木設計技術者（土木設計技術員）
　とぼく　　　ぎじゅつしゃ

5 ⑦測量技術者（測量技術員）
　そくりょう

6 ①大工（木匠）
　だいく

7 ⑩左官（泥水匠）
　さかん

8 ③建具師（門窓匠）
　たてぐし

●理容・美容関係（理容、美容方面）
　りよう　　び　かんけい

1 ②理容師

2 ②美容師

3 ③エステティシャン〔綜合美容師（法語 esthéticien）〕

●マスコミ・出版・広告関係（大衆傳播、出版、廣告方面）
　　　　　　しゅっぱん　こうこく

1 ⑩校正・⑥写植オペレーター（校正、照相排版技術員）
　こうせい　しゃしょく

2 ⑦グラフィックデザイナー〔圖表設計師(graphic designer)〕

3 ④コピーライター（廣告撰文者）

4 ⑤イラストレーター〔插圖畫家(illustrator)〕

5 ④スタイリスト（モデルの小道具、衣服、髪型、撮影場所などを
　　　　　　　　　　　　こどうぐ　いふく　かみがた　さつえいばしょ
　選定する職業の人）〔模特兒化粧師(stylist)：選定模特兒使用之
　せんてい　しょくぎょう　ひと
　小用具、服裝、髮型、攝影場所等的專業人員〕

6 ③カメラマン（攝影師）

7 ⑩インダストリアルデザイナー〔工業設計師（industrial designer）〕

8 ⑧テキスタイルデザイナー〔紡織品設計師（textile designer）〕

9 ④テレビタレント〔電視明星（television talent）〕

10 ②⓪ディレクター〔導演（director）〕

11 ③プロデューサー〔③④制作者〕〔電影的製片，電視的製作人 (producer)〕
せいさくしゃ

12 ②⓪レポーター〔②⓪リポーター〕〔通訊員，採訪記者 (reporter)〕

13 ②司会者（節目主持人）
しかい

14 ③アナウンサー〔播報員（announcer）〕

15 ⓪声優（廣播劇演員）
せいゆう

16 ④ニュースキャスター〔新聞廣播員（newscaster）〕

17 ④ジャーナリスト〔新聞從業人員（journalist）〕

18 ⑤新聞記者（新聞記者）
しんぶんきき

19 ③編集者（編輯）
へんしゅう

D　その他（其他）
た

1 ⓪俳優（電影等的演員）
はいゆう

2 ⓪役者（舞台的演員）
やくしゃ

3 ⓪演出家（演技指導員）
えんしゅつか

4 ⓪監督（導演）
かんとく

5 ②⓪マネージャー〔經紀人（manager）〕

6 ⑤スポーツ選手（運動選手）
  せんしゅ

7 ①コーチ〔教練（coach）〕

8 ⓪職人（師傅）
  しょくにん

9 ⓪鍛冶屋（鐵匠）
  か じ や

10 ⓪修理屋（修理匠）
   しゅう り

11 ③表具師（裱畫師）
   ひょう ぐ し

12 ③調理師（廚師）
   ちょう

13 ①コック（中華料理や西洋料理の料理人）〔廚師（cook）：中餐與西餐
   ちゅう か りょう り   せいよう   にん
   的烹飪師傅〕

14 ⓪板前（日本料理の料理人）（廚師：日本料理的烹飪師傅）
   いたまえ

15 ②庭師（園藝師傅）
   にわ し

16 ⓪園丁
   えんてい

17 ③エンジニア〔工程師（engineer）〕

18 ⓪船員
   せんいん

19 ③①パイロット〔飛行員（pilot）〕

20 ③スチュワーデス〔空中小姐（stewardess）〕

21 ③スチュワード〔空中少爺（steward）〕

22 ⑥ツアーコンダクター〔③添乗員〕（導遊）
            てんじょういん

23 ⓪画商（畫商）
  がしょう

24 ①商人
  にん

25 ②⓪ブローカー〔⓪仲買人〕〔掮客，中間人（broker）〕
         なかがいにん

26 ①バイヤー（貿易関係の外国人の買い付け人）〔買主（buyer）：貿易
       ぼうえきかんけい　がいこくじん　か　　つ　にん
  方面的外國採買員〕

27 ⑨廃品回収業（廢物回收業）
  はいひんかいしゅうぎょう

28 ②屑屋（古物商）
  くずや

29 ⓪農民
  のうみん

30 ①漁師（漁夫）
  りょうし

31 ⓪漁民
  ぎょみん

32 ⓪③樵（樵夫）
  きこり

33 ⓪評論家
  ひょうろんか

34 ⓪作家
  さっか

35 ⓪小説家
  しょうせつ

36 ⓪随筆家〔③エッセイスト〕〔随筆作家（essayist）〕
  ずいひつ

37 ⓪詩人
  しじん

38 ③絵描き（畫家）
  えか

39 ⓪画家（畫家）
  が

40 ⓪彫刻家（雕刻家）
  ちょうこく

41 ⓪①書家（書法家）
  しょ

42 ⓪漫画家（漫畫家）
  まんが

—363—

43 ⓪音楽家（音樂家）
　　おんがく か

44 ③ピアニスト〔鋼琴家（pianist)〕

45 ⑤バイオリニスト〔小提琴演奏者（violinist)〕

46 ①歌手（歌手，歌星）
　　か しゅ

47 ⓪作曲家
　　さっきょく

48 ⓪作詞家
　　さく し

49 ⓪声楽家（聲樂家）
　　せいがく

50 ②ソリスト〔獨唱〔奏〕家　法語 soliste)〕

51 ①ダンサー〔舞蹈家（dancer)〕

52 ③バレリーナ〔芭蕾舞女主角（ballerina)〕

53 ⓪(お)坊さん（和尚）
　　　　 ぼう

54 ①僧侶（僧侶）
　　そうりょ

55 ①住職（住持）
　　じゅうしょく

56 ⓪尼さん〔⓪①尼僧〕（尼姑）
　　あま　　　　 に そう

57 ①神主〔⓪①神官〕〔（神社的)主祭〕
　　かんぬし　　　しんかん

58 ③宣教師（傳教士）
　　せんきょう し

59 ①⓪牧師
　　　　 ぼく

60 ①神父
　　しん ぷ

61 ⓪易者（算命師，相士）
　　えきしゃ

62 ③占い師(占卜師)
　　うらな

63 ①巫女（女巫）
　　み こ

64 ⓪霊媒（靈媒，巫師）
　　れいばい

65 ③運転手（司機）
　　うんてんしゅ

66 ⓪車掌
　　しゃしょう

67 ⓪ボーイ〔侍者（boy）〕

68 ②ウェーター〔男服務生（waiter）〕

69 ②ウェートレス〔女服務生（waitress）〕

70 ①ホステス〔女侍（hostess）〕

71 ⓪仲居(さん)：料理屋や旅館などで客の応待をする女性（女招待
　　　　 なかい　　　　　　 りょうり や　　 りょかん　　　 きゃく　 おうたい　　　 じょせい
　　　員：在飯館、旅館等接待客人的女性）

72 ②お手伝いさん〔⓪女中〕（女傭）
　　　　　 て つだ　　　　　 じょちゅう

73 ②家政婦（家庭女傭）
　　　 か せい ふ

74 ①ヘルパー：老人や体の不自由な人の世話をする人〔幫傭
　　　　　　　　 ろうじん　 からだ　 ふ じ ゆう　 ひと　 せ わ
　　　（helper）：照顧老人或殘障者的人〕

75 ⓪守衛
　　　 しゅえい

76 ①ガードマン〔③警備員〕〔警衛（日製英語 guard＋man）〕
　　　　　　　　　 けい び いん

—365—

主な中国人の姓
おも　　ちゅうごくじん　　せい

——日本式の呼び方にこだわる必要はあ
にほんしき　　よ　かた　　　　　　　ひつよう
りません。参考までに記載しました。
さんこう　　　　きさい

（中國人的主要姓氏——不必拘泥於日本式的稱呼法。本處僅供

参考。）

★多い姓のベスト10（姓氏排行榜前十名）
おお　　　　　　　　　テン

①陳　②林　③李　④張　⑤王　⑥黄　⑦楊　⑧呉　⑨蔡　⑩鄭
　ちん　　りん　リー り　　ちょう　ワン おう　こう　ヤン よう　　ご　　　さい　　てい

★中国人の姓の一般的な読み方　——あいうえお順（中國姓氏的一般讀
　　　　　いっぱんてき　よ　かた　　　　　　　　じゅん
法——按あいうえお順序排列）

い	韋い	易い	郁いく	尹いん							
う	于う										
え	榮えい	營えい	衞えい	袁えん	閻えん						
お	王おう	汪おう	翁おう	温おん							
か	何か	柯か	夏か	華か	過か	戈か	賀が	蓋がい	郭かく	赫かく	葛かつ	簡かん	關かん	韓かん
	管かん	顔がん										
き	季き	歸き	魏ぎ	吉きつ	邱きゅう	丘きゅう	許きょ	居きょ	美きょう	喬きょう	龔きょう	匡きょう	強きょう
く	瞿く	虞ぐ										
け	闕けつ	倪げい	嚴げん	阮げん								

—366—

こ　向（こう）　項（こう）　康（こう）　孔（こう）　黄（こう）　洪（こう）　江（こう）　高（こう）　虎（こ）　辜（こ）　顧（こ）　賈（こ）　胡（こ）　耿（こう）　古（こ）　侯（こう）　伍（こ）　吳（ご）

さ　邵（しょう）　蕭（しょう）　鍾（しょう）　沈（しん）　蔣（しょう）　申（しん）　秦（しん）　辛（しん）　祝（しゅく）　周（しゅう）　謝（しゃ）　商（しょう）　蔡（さい）　糠（さん）　撒（さつ）　沙（さ）　史（し）

し　岑（しん）　朱（しゅ）　徐（じょ）　車（しゃ）　舒（じょ）　鄒（すう）　饒（じょう）　章（しょう）　師（し）　左（さ）　焦（しょう）

す　帥（すい）　水（すい）　隋（ずい）　施（し）

せ　錢（せん）　宣（せん）　詹（せん）　戚（せき）　薛（せつ）　石（せき）　盛（せい）　成（せい）　齊（せい）　臧（ぞう）

そ　孫（そん）　桑（そう）　曹（そう）　莊（そう）　宋（そう）　蘇（そ）　曽（そう）　相（そう）

た　段（だん）　談（だん）　譚（たん）　但（たん）　單（たん）　憚（たん）　儲（ちょ）　卓（たく）　戴（たい）

ち　趙（ちょう）　張（ちょう）　池（ち）　遲（ち）　竺（ちく）

て　田（でん）　董（でん）　湯（とう）　藤（とう）　陶（とう）　童（どう）　唐（とう）　狄（てき）　丁（てい）　鄭（てい）　程（てい）　鄧（とう）　杜（と）　屠（と）

に　任（にん）

ね　寧（ねい）　年（ねん）

は　潘（はん）　范（はん）　樊（はん）　馬（ば）　萬（ばん）　莫（ばく）　麥（ばく）　柏（はく）　白（はく）　畢（ひつ）　費（ひ）

ひ　斐（ひ）　費（ひ）　閔（ぴん）

ふ　符（ふ）　巫（ふ）　傅（ふ）　馮（ふう）　武（ぶ）

ほ　方（ほう）　彭（ほう）　包（ほう）　龐（ほう）　豊（ほう）　豐（ほう）　卜（ぼく）　穆（ぼく）

ま　萬（まん）

む　牟（む）

も　門（もん）　孟（もう）　毛（もう）

ゆ　俞（ゆ）　喩（ゆ）　游（ゆう）　尤（ゆう）　熊（ゆう）

姚（よう）駱（らく）　樂（らく）藺（りん）　藍（らん）龍（りゅう）　柳（りゅう）　呂（ろ）　廖（りょう）　梁（りょう）

余（よ）　楊（よう）　葉（よう）

羅（ら）　頼（らい）　雷（らい）　林（りん）

リ李（り）　鄺（り）　陸（りく）

黎（れい）　冷（れい）　連（れん）　郎（ろう）

盧（ろ）　れいりょ呂　魯（ろ）

よ　ら　り　れ　ろ

よく見かける中国人の名前
<ruby>見<rt>み</rt></ruby>　<ruby>中国人<rt>ちゅうごくじん</rt></ruby>　<ruby>名前<rt>な まえ</rt></ruby>

（常見的中國人名）

〈男性〉
<ruby>男性<rt>だんせい</rt></ruby>

え	榮華 えい か	永祥 えいしょう		
か	家榮 か えい			
き	錦坤 きんこん	金龍 きんりゅう		
こ	鴻欽 こうきん	光宗 こうそう	國華 こっか	國棟 こくとう
さ	再興 さいこう			
し	志明 し めい	子文 し ぶん	進發 しんはつ	錫舜 しゃくしゅん
せ	正義 せい ぎ	清山 せいざん		
た	台生 たいせい			
ち	忠仁 ちゅうじん			
て	定國 ていこく	天賜 てん し	天祿 てんろく
と	德旺 とくおう	俊彦 （としひこ） しゅんげん		
ひ	秀雄 （ひでお） しゅうゆう			
ふ	文雄 （ふみお） ぶんゆう			
へ	炳煌 へいこう			
よ	又新 ようしん	耀州 ようしゅう		
ら	來順 らいじゅん			
り	良基 りょうき			

〈女性〉
じょせい

あ 愛蓮 あいれん

う 雲卿 うんけい

か 家倩 かせん

き 曉芬 ぎょうふん　玉英 ぎょくえい

け 桂香 けいか　慧娟 けいけん　瓊姿 けいし　惠芳 けいほう　惠蘭 けいらん　月嬌 げっきょう

さ 彩雲 さいうん

し 秀琴 しゅうきん　秋鳳 しゅうほう　淑華 しゅくか　招治 しょうじ　如玉 じょぎょく

せ 静宜 せいぎ

そ 素娥 そが

は 佩珊 はいさん

ひ 美麗 びれい

ほ 寶春 ほうしゅん

ま 玫玲 まいれい　曼君 まんくん

め 明珠 めいじゅ

り 莉娜 りな

れ 麗珠 れいじゅ　麗玲 れいれい

中国人の名前によく使われる漢字
ちゅうごくじん　　　　なまえ　　　　つか　　　　かんじ

（ 中國人名常用的漢字 ）

〈男性〉
だんせい

堯（ぎょう）
強（きょう）

吉（きち）　源（げん）　豪（ごう）　川（せん）　彬（ひん）　武（ぶ）

翰（かん）　輝（き）　元（げん）　崑（こん）　松（しょう）　盛（せい）　斌（ひん）　福（ふく）

偉（い）　凱（がい）　貴（き）　傑（けつ）　宏（こう）　財（ざい）　士（し）　誠（せい）　澤（たく）　長（ちょう）　添（てん）　標（ひょう）　富（ふ）　峯（ほう）　銘（めい）　洋（よう）　倫（りん）

い　か　き　こ　さ　し　せ　た　ち　て　ひ　ふ　ほ　め　よ　り

〈女性〉

桃蓓
寧梅碧
梅敏満
敏雯玲
雯萍
萍玫
玫齢
齢瑜
瑜葉
葉蓉

とねはひふへまれゆよ

媛
欣
菊

婉櫻雅琪純珍

怡燕鶯霞綺虹芝菁智婷

いえおかきこしせちて

——語文雑誌『和風』1988年2月号より一部修正後引用

（取自語文雑誌『和風』一九八八年二月號部分修正後引用）

中國姓氏的日本式讀法

——ㄅ、ㄆ、ㄇ檢索法

ㄅ　白（はく）　柏（はく）　畢（ひつ）　包（ほう）　卜（ぼく）

ㄆ　潘（はん）　彭（ほう）　龐（ほう）

ㄇ　繆（こう）　馬（ば）　梅（ばい）　莫（ばく）　麥（ばく）　閔（びん）　穆（ぼく）　牟（む）　毛（もう）　孟（もう）　門（もん）

ㄈ　范（はん）　樊（はん）　斐（ひ）　費（ひ）　傅（ふ）　符（ふ）　馮（ふう）　方（ほう）　豐（ほう）

ㄉ　戴（たい）　憚（たん）　但（たん）　段（だん）　丁（てい）　狄（てき）　杜（と）　鄧（とう）　董（とう）

ㄊ　譚（たん）　談（だん）　田（でん）　屠（と）　唐（とう）　湯（とう）　藤（とう）　陶（とう）　童（どう）

ㄋ　倪（げい）　聶（じょう）　寧（ねい）　粘（ねん）　年（ねん）

ㄌ　羅（ら）　賴（らい）　雷（らい）　駱（らく）　樂（らく）　藍（らん）　李（リー／り）　酈（り）　陸（りく）　林（りん）　藺（りん）　劉（りゅう）　柳（りゅう）
　　龍（りゅう）　廖（りょう）　梁（りょう）　黎（れい）　冷（れい）　連（れん）　盧（ろ）　呂（りょ／ろ）　魯（ろ）　路（ろ）　郎（ろう）

ㄍ　過（か）　戈（か）　蓋（がい）　郭（かく）　葛（かつ）　關（かん）　管（かん）　歸（き）　龔（きょう）　古（こ）　辜（こ）　顧（こ）　高（こう）　耿（こう）

ㄎ　柯（か）　匡（きょう）　孔（こう）　康（こう）　糠（こう）

ㄏ　何（か）　華（か）　賀（が）　赫（かく）　韓（かん）　胡（こ）　虎（こ）　洪（こう）　黃（こう）　侯（こう）　杭（こう）

ㄐ	簡 かん	季 き	吉 きち きつ	姜 きょう	賈 こ	江 こう	將 しょう	蔣 しょう	焦 しょう
ㄑ	邱 きゅう	丘 きゅう	喬 きょう	強 きょう	瞿 く	闕 けつ	秦 しん	齊 せい	戚 せき	錢 せん
ㄒ	夏 か	許 きょ	項 こう	向 こう	謝 しゃ	荀 じゅん	蕭 しょう	徐 じょ	辛 しん	薛 せつ	宣 せん	相 そう	熊 くま ゆう
ㄓ	朱 しゅ	周 しゅう	祝 しゅく	鐘 しょう	鍾 しょう	章 しょう	詹 せん	莊 そう	卓 たく	竺 ちく	趙 ちょう	張 ちょう	鄭 てい
ㄔ	查 さ	車 しゃ	成 せい	單 たん	池 ち	遲 ち	儲 ちょ	陳 ちん	程 てい	柴 さい
ㄕ	沙 さ	史 し	師 し	施 し	邵 しょう	商 しょう	舒 じょ	申 しん	沈 しん	水 すい	帥 すい	盛 せい	單 たん	石 せき
ㄖ	榮 えい	阮 げん	饒 じょう	任 にん
ㄗ	左 さ	鄒 すう	曾 そう	臧 ぞう
ㄘ	蔡 さい	岑 しん	曹 そう
ㄙ	撒 さん	蘇 そ	宋 そう	桑 そう	孫 そん	隋 ずい
一	易 い	尹 いん	營 えい	閻 えん	顏 がん	嚴 げん	楊 よう	葉 よう	姚 よう	游 ゆう	尤 ゆう
ㄨ	韋 い	衞 えい	王 おう	汪 おう	翁 おう	温 おん	魏 ぎ	吳 ご	伍 ご	巫 ふ	武 ぶ	萬 まん
ㄩ	郁 いく	于 う	袁 えん	虞 ぐ	俞 ゆ	喻 ゆ	余 よ

中國人名常用的漢字

（黑體字為女性）

ㄅ　碧（へき）　彬（ひん）　斌（ひん）　標（ひょう）

ㄆ　萍（へい）　蓓（ばい）

ㄇ　滿（まん）　玫（まい）　梅（ばい）　敏（びん）　銘（めい）

ㄈ　峯（ほう）　福（ふく）　富（ふ）

ㄊ　桃（とう）　婷（てい）　添（てん）

ㄋ　寧（ねい）

ㄌ　玲（れい）　齡（れい）　倫（りん）

ㄍ　貴（き）

ㄎ　崑（こん）　凱（がい）

ㄏ　虹（こう）　豪（ごう）　宏（こう）　輝（き）　翰（かん）

ㄐ　菁（せい）　菊（きく）　傑（けつ）　吉（きち）

ㄑ　琪（き）　綺（き）　強（きょう）

ㄒ　欣（きん）　霞（か）

ㄓ　珍（ちん）　智（ち）　芝（し）

ㄔ　長（ちょう）　川（せん）　誠（せい）　純（じゅん）

ㄕ　盛（せい）　士（し）

ㄖ　蓉（よう）

ㄗ　澤（たく）

ㄘ　財（ざい）

ㄙ　松（しょう）

ㄧ　堯（ぎょう）　洋（よう）　怡（い）　燕（えん）　鶯（おう）　櫻（おう）
　　雅（が）　葉（よう）

ㄨ　偉（い）　武（ぶ）　婉（えん）　雯（ぶん）

ㄩ　元（げん）　源（げん）　媛（えん）　瑜（ゆ）

常見的中國人名

（黑體字為女性）

ㄅ	炳煌 へいこう	**寶春** ほうしゅん		
ㄆ	**佩珊** はいさん			
ㄇ	**美麗** びれい	**玫玲** まいれい	**曼君** まんくん	**明珠** めいじゅ
ㄉ	定國 ていこく	德旺 とくおう		
ㄊ	台生 たいせい	天賜 てんし	天祿 てんろく	
ㄌ	來順 らいじゅん	良基 りょうき	**莉娜** りな	**麗珠** れいじゅ
	麗玲 れいれい			
ㄍ	光宗 こうそう	國華 こっか	國棟 こくとう	**桂香** けいか
ㄏ	鴻欽 こうきん	**慧娟** けいけん	**惠芳** けいほう	**惠蘭** けいらん
ㄐ	家榮 かえい としひこ	錦坤 きんこん	金龍 きんりゅう	進發 しんはつ
	俊彥 しゅんげん	**家倩** かせん	**靜宜** せいぎ	
ㄑ	清山 せいざん	**瓊姿** けいし	**秋鳳** しゅうほう	

ㄒ	錫舜 しゃくしゅん	秀雄 ひでお しゅうゆう	**曉芬** ぎょうふん	**秀琴** しゅうきん
ㄓ	志明 しめい	正義 せいぎ	忠仁 ちゅうじん	招治 しょうじ
ㄕ	**淑華** しゅくか			
ㄖ	榮華 えいか	**如玉** じょぎょく		
ㄗ	子文 しぶん	再興 さいこう		
ㄘ	**彩雲** さいうん			
ㄙ	**素娥** そが			
ㄞ	**愛蓮** あいれん			
ㄧ	又新 ようしん	耀州 ようしゅう		
ㄨ	文雄 ふみお ぶんゆう			
ㄩ	永祥 えいしょう	雲卿 うんけい	**玉英** ぎょくえい	**月嬌** げっきょう

主な参考文献
おも　　さんこうぶんけん

1. 松村明編　1990　『大辞林』　三省堂
2. 石綿敏雄編　1990　『基本外来語辞典』　東京堂出版
3. NHK 編　1991　『日本語発音アクセント辞典（改訂新版）』　日本放送出版協會
4. 講談社辞典局編　1990　『講談社パックス英和辞典』　講談社
5. 広永周三郎編　1987　『英語略語辞典（第二版）』　研究社出版
6. 新村出編　1991　『広辞苑（第四版）』　岩波書店
7. 金田一京助他編　1988　『新明解国語辞典（第3版第58刷）』　三省堂
8. 語文雑誌『和風』　1988 年 2 月号
9. リクルート出版　『とらばーゆ』1988 年 1/22 号
10. 『週刊正社員 JOHO』（関西版）　1988 年 1/21 号
11. 李梓政編　民 79　『實用句型・片語日華辭典』　大新書局
12. 何容編　民 75　『國語日報辭典（第 32 刷）』　國語日報社
13. 陳國明編　民 81　『首華袖珍英漢辭典』　首華辭書公司
14. 陳伯陶編　民 81　『新時代日漢辭典』　大新書局
15. 謝逸朗編　1989　『萬人現代日華辭典』　萬人出版社
16. 白允宜編　民 80　『國際貿易・金融大辭典』　中華徵信所
17. 紀秋郎編　1989　『新知識英漢辭典』　遠東圖書公司
18. 林連祥編　1991　『新世紀英漢辭典』　遠東圖書公司
19. 新英漢詞典編寫組編 1988　『新英漢詞典（增訂本第二刷）』　三聯書店（香港）有限公司
20. 教育部體育大辭典編訂委員會編　民 77『體育大辭典』臺灣商務印書館

〈作者簡介〉

莊 隆福

民國43年（1954年）生，台灣省南投縣人。東吳大學日文系畢，日本國立神戶大學文學研究科碩士，同校文化學研究科博士。曾任東吳大學日文系與日研所專任副教授，經濟部經建人員訓練班日語教師。現任東海大學日文系系主任。作品有『日本と日本人』，『現代日本事情』等。

新保 進

昭和26年（1951年）生，新潟縣人。和光大學人文學部文學科畢。ELEC（英語教育協會）日語教師訓練課程修畢。中國文化大學日本研究所碩士課程修畢。曾任東吳大學日文系兼任講師。

應用日本語會話 （本教材另備 錄音學習卡帶）

1997年（民86）4月 1日初版第 1 刷發行

特價 新台幣 280 元整

著　　者	莊 隆福・新保 進
發 行 人	林　　　寶
發 行 所	大 新 書 局
地　　址	台北市 (10638)瑞安街256巷16號
電　　話	+886(2)707-3232・707-3838・755-2468
傳　　真	+886(2)701-1633　郵政劃撥 00173901
登 記 證	行政院新聞局局版台業字第0869號
香港經銷	興文社有限公司 (KOBUNSHA)
地　　址	香港灣仔莊士敦道128號台山中心7字樓B座
電　　話	+852-2838-4633
傳　　真	+852-2838-4696